LINE RENAUD
avec Bernard Stora

UNE DRÔLE D'HISTOIRE

récit

Robert
Laffont

ISBN 978-2-221-19290-0

Chapitre premier

J'appelle ma banquière !

28 août 2012. Un mardi.

Que ce soit un mardi, un jeudi ou un lundi n'a guère d'importance : en août, tous les jours de la semaine se ressemblent. Mais je tiens à être précise, dans cette affaire où tant de choses, cinq ans plus tard, restent incertaines, contradictoires et à bien des égards inexplicables.

Nous sommes trois au bord de la piscine, à La Jonchère. Trois femmes. Annie – ma grande amie qui vit à Las Vegas –, Jenny et moi.

Il est cinq heures de l'après-midi, la chaleur est un peu tombée, c'est le moment que nous choisissons, chaque après-midi, pour nous baigner.

Annie et moi bavardons à mi-voix, assises jambes dans l'eau sur les marches au bout du bassin. Jenny, elle, enchaîne méthodiquement les longueurs. Silencieuse, discrète, presque invisible comme à son habitude. À vingt-sept ans, elle se juge un peu grassouillette, « potelée », comme elle dit. Nous avons beau lui répéter, Annie et moi, qu'elle est charmante ainsi, que chacun a son poids et que le sien lui va idéalement, rien n'y fait. En vacances ici pour quinze jours, elle s'est fixé un but : parcourir quotidiennement trois kilomètres à la nage, ce qui, elle a calculé, représente tout de même une bonne centaine d'allers-retours. Elle nage donc, indifférente, semble-t-il à nos propos, qui du reste n'ont aucun caractère confidentiel.

Comment imaginer que dans quelques instants, elle va prononcer d'une voix tranquille cette petite phrase qui prouve qu'elle n'a rien perdu de notre discussion :

« Et moi, j'appelle ma banquière ! »

Quoi de plus banal, en apparence, que ces quelques mots ? Une ponctuation, un simple énoncé sans conséquence. « Et moi, j'appelle ma banquière ! » Comme elle aurait pu dire : « Et moi, je vais me changer ! » Sans intention particulière. Sans même vraiment s'adresser à nous.

C'est pourtant ainsi que tout a commencé.

*

Moi qui crois aux présages, moi qui suis persuadée que rien n'arrive entièrement par hasard, je suis sensible à l'ironie qui fait que cette histoire débute un 28 août. Trois jours encore et c'était septembre, la délivrance, la fin de la molle parenthèse estivale, la rentrée que j'attends chaque année avec tant d'impatience. Trois jours encore et j'étais sauvée…

Je dois l'avouer, j'ai horreur des vacances.

Avec Loulou, nous n'en prenions jamais. Pas un seul jour en cinquante ans de vie commune. Vacances, vacant, vide, inoccupé. Tout ce que nous redoutions.

« Ne reste pas à rien faire ! » disait ma mère quand, enfant, elle me voyait bayer aux corneilles. Ce qui, du reste, se produisait rarement. D'abord parce que les corneilles n'étaient pas assez stupides pour aller s'égarer dans notre coron, rue du Pavé-Fruit à Pont-de-Nieppe, où il n'y avait pas grand-chose à glaner, ensuite parce que d'un naturel déluré, je préférais courir les rues à la tête d'une bande de gamines qui m'appelaient « la commandante », plutôt que de traînasser au logis.

Ne reste pas à rien faire… Cette phrase continue à me poursuivre. Hantise ou règle de vie, comme on voudra. J'ai quatre-vingt-huit ans, ce n'est un secret pour personne. Aujourd'hui que l'on peut *googliser* tout un chacun sur Internet, taire son âge est une coquetterie vide de sens. Mais quoi qu'en dise l'état civil, l'idée même de retraite me plonge dans le plus complet désarroi. Tant que des auteurs ou des metteurs en scène penseront à moi, je travaillerai. Trop contente de me lever à cinq heures du matin, de me battre avec un texte récalcitrant, de poireauter des journées entières, debout sur mes gambettes ou assise de guingois sur un mauvais fauteuil de camping, en attendant qu'un stagiaire qui pourrait être mon arrière-petit-fils ou mon arrière-petite-fille vienne me dire : « Line, c'est à vous ! »

Comme cette phrase me fait du bien, comme elle me rassure, comme elle m'aide à vivre. Le temps d'une prise, quelques brèves secondes entre « Partez ! » et « Coupez ! », exister pleinement sous les traits d'une autre, revêtir ses habits, ressentir ses émotions, s'exprimer avec ses mots, quel privilège !

Rien ne pourra me priver du bonheur de jouer.

Rien sauf...

Il faut bien admettre qu'à mon âge, l'hypothèse mérite attention, à moins que Dieu, par faveur spéciale, ne m'accorde une deuxième vie, ce qui, à ma connaissance, n'est pas dans ses intentions.

Dans les premiers mois de cette année 2012 – l'année du 28 août, l'année où Jenny a dit

« J'appelle ma banquière ! » –, j'ai enfin admis que le moment était venu de mettre un peu d'ordre dans mes affaires trop longtemps négligées. Ou bien encore, selon l'hypocrite formule en usage : de *préparer l'après*...

Je suis veuve, je n'ai pas d'enfants, pas de compagnon, de frères ni de sœurs, de nièces ou de neveux. La vie en a décidé ainsi. Personne sur qui me reposer, personne pour me continuer. Personne à qui confier l'énorme quantité d'archives que je m'efforce, depuis quelques années, de mettre à l'abri et de classer avec l'aide de Michael, mon fidèle assistant.

À qui laisser La Jonchère, la propriété que j'habite depuis près de soixante-dix ans, avec la certitude que ce lieu qui aura tant compté dans ma vie sera préservé, dans la générosité et le partage ? Qui voudrait de ce lourd fardeau ?

Mais avant de songer à léguer La Jonchère, avant cet *après* évoqué en catimini, une question s'est vite imposée, autrement urgente : pourrai-je moi-même en assumer la charge aussi longtemps que je vivrai ?

« Ne lâche jamais La Jonchère ! » me répétait sans cesse Loulou dans les mois qui ont précédé sa disparition. La Jonchère, notre port d'attache, le socle de notre vie commune, le gage de notre fidélité inaltérable, par-delà les aléas de l'existence. Pauvre Loulou, si malheureux à l'idée de me laisser seule...

Ceux qui me connaissent – vous, lecteurs – savent qu'il ne se passe pas une journée sans que je m'adresse à lui familièrement. « Tu vois, Loulou… », « Dis-moi, Loulou… », « Qu'en penses-tu, Loulou ?… » Pour un oui, pour un non, nous voilà en grande conversation. Certes, mes questions sont plus abondantes que ses réponses. Mais heureusement, il y a les signes, ces fameux signes que j'interprète à ma manière et souvent, je l'avoue, un peu comme ça m'arrange. Une voiture que je croise au moment où je pense à lui, le numéro de la plaque d'immatriculation se termine par un 8… 8, notre chiffre fétiche ! Loulou est d'accord !

Durant cette année 2012, combien de fois l'ai-je questionné, non sans une petite pointe d'agacement : « Ne lâche pas La Jonchère ! Facile à dire, Loulou, mais comment ? » Loulou est resté silencieux. Et malgré toute mon habileté à les solliciter, les signes ne m'ont pas soufflé sa réponse.

Les événements surprenants que je vais m'efforcer de relater – du moins ce que j'en sais, ce dont je suis certaine ou à peu près – ne se seraient jamais produits sans cette inquiétude devenue, au fil des nuits d'insomnie, une obsession.

*

À la réflexion, nous n'étions pas trois ce jour-là au bord de la piscine. J'ai oublié Câline, ma chienne, qui, infatigable, attend que je veuille bien m'emparer du tuyau et la poursuivre avec le jet réglé au maximum de sa puissance. Elle s'élance pour lui échapper, zigzague, bondit, fait volte-face, se campe sur ses pattes, provocante, aussi fière de l'éviter qu'heureuse d'être aspergée. C'est à la fois un jeu entre nous et le petit numéro de cirque dont nous régalons sans nous faire prier les visiteurs.

Donc, ce 28 août, le tuyau à portée de main, Câline en sentinelle, je parle avec Annie tandis que Jenny va et vient d'un bout à l'autre de la piscine. Elle nage très bien. Je ne sais comment elle se débrouille mais son crawl ne provoque ni les éclaboussures ni les clapotis irritants qui accompagnent ordinairement cet exercice. Elle fend l'eau, régulière, efficace, comme si un moteur invisible et silencieux la propulsait, se rapprochant, battement après battement, de son objectif quotidien.

Avant de poursuivre, il faut que je dise brièvement qui est Annie.

Très jeune et enceinte de son premier enfant, Annie, Française née à Casablanca, rejoint aux États-Unis son mari libanais qui travaille comme croupier dans un casino à Vegas. Dynamique, bosseuse, pourvue d'une incroyable faculté d'adaptation, elle s'y fait rapidement une place. Tout en chantant avec un petit groupe dans le lounge du Stardust ou du Riviera, elle prend en charge, à vingt ans à peine, le salon de coiffure du Fremont Hotel, et supervise, le soir, la coiffure et la pose des perruques de ma revue au Dunes. D'où notre rencontre.

Autant dire qu'elle connaît Vegas comme sa poche et qu'elle est à tu et à toi avec tout ce qui compte en ville. Alors que dans les premiers mois de mon séjour, bien que fêtée et applaudie, la petite Française que je suis pleure à chaudes larmes en regardant les avions décoller pour Paris, elle, plus américaine qu'une Américaine, fait son chemin, investissant tout l'argent qu'elle gagne – et même celui qu'elle n'a pas encore gagné – dans l'achat de terrains en plein centre de Las Vegas, qui n'est alors qu'une ville construite de bric et de broc, mitée de terrains vagues et de bâtiments délabrés. Dix ans plus tard, la valeur de ces lopins de désert coincés entre deux baraques en planche sera multipliée par mille et Annie à la tête d'une jolie fortune.

Mais, va-t-on penser, Las Vegas est à 9 000 kilomètres de Paris et cinquante ans nous séparent de l'époque dont je parle. Nous voilà loin de La Jonchère, de l'été finissant et de Jenny qui glisse silencieusement dans la piscine tandis qu'Annie et moi, les pieds dans l'eau, conversons à voix basse. Pas si éloignés, en réalité, car c'est d'affaires dont nous parlons avec Annie, et c'est à la femme d'affaires avisée autant qu'à l'amie que je m'adresse pour lui demander conseil.

Pourquoi ne pas vendre La Jonchère en viager ?

C'est la solution qu'on me recommande de toute part. Le viager, n'est-ce pas la garantie de pouvoir habiter cette maison jusqu'à la fin de mes jours ? Envolés les soucis, finies les nuits à se ronger pour cette maison.

Vous l'aurez sans doute remarqué, tout paraît plus clair lorsqu'il s'agit d'autrui. Avantages et inconvénients s'ordonnent en deux colonnes bien nettes, pas de scrupules, pas d'états d'âme, à la fin la décision s'impose, limpide, irréfutable. S'agissant de soi, c'est une autre affaire. Pour évident qu'il paraisse, le viager m'inspire crainte et répulsion.

Sur cette question – comme à vrai dire sur la plupart des sujets –, Loulou et moi partagions le même avis : le viager attire la guigne. Soit on achète en viager et dès lors, on vit dans l'espoir que le vendeur passe de vie à trépas dans les plus brefs délais. Soit on vend en viager, et c'est l'acheteur qui guette votre mort avec impatience – en espérant qu'il ne fasse pas une petite prière chaque soir pour hâter l'échéance. Nous étions l'un et l'autre aussi superstitieux qu'on peut l'être dans les métiers du spectacle, redoutant pour d'obscurs motifs la couleur verte, le mot « corde » et les œillets – fleur pourtant ravissante dont je me prive à regret depuis toujours. Le viager, nous n'en doutions pas, était porteur d'une menace au moins équivalente. Mieux valait s'en préserver.

La mort de Dario Moreno, le 1er décembre 1968, était venue confirmer notre appréhension. Dario, homme charmant s'il en fut, avait acheté en viager un magnifique appartement porte Maillot. Moins d'un an s'écoule, le vendeur décède. Tout le monde pense que Dario a fait une excellente affaire et s'en réjouit pour lui. Hélas, six mois après, c'est au tour de Dario de succomber à Istanbul. D'un infarctus dans un taxi en route pour l'aéroport, disent certains. D'une hémorragie cérébrale peu avant le décollage de son avion, selon d'autres.

Huit jours plus tard, après avoir triomphé à Bruxelles, il devait créer à Paris *L'Homme de la Mancha*, la comédie musicale dans laquelle il incarnait un superbe Sancho Panza au côté de Jacques Brel, inoubliable Don Quichotte.

Cette histoire avait beaucoup frappé Loulou, le confortant dans ses préventions.

Aux États-Unis, le viager ou son équivalent, le *reverse mortgage*, est peu utilisé. Annie me demande des précisions, elle veut savoir comment le système fonctionne en France avant de se prononcer. J'ânonne, sans grande conviction, les quelques notions que les uns et les autres ont tenté de m'inculquer depuis des semaines. Pour ce faire, je dois utiliser des mots déplaisants. Ce mot *bouquet* par exemple, par lequel on désigne la somme distincte de la rente que l'acheteur paie au vendeur au moment de la signature. Je me méfie de ce *bouquet* au parfum douteux, de même que j'ai en horreur des expressions comme *dessous-de-table, sous le manteau* ou *graisser la patte.*

J'aurai beau faire, hormis celui qu'on gagne par son travail, l'argent m'inspirera toujours une méfiance irraisonnée. Héritage de mes origines ouvrières. À cinquante ans passés, ma mère préférait vendre des chaussures sur les marchés plutôt que de devoir un sou à quiconque – fût-ce à sa propre fille qui n'en manquait pas.

Annie se montre peu réceptive à ce genre de spéculations. L'irrationnel n'est pas son domaine. Elle s'informe, évalue, tranche et ne revient jamais sur sa décision. En somme, elle est l'exact contraire de moi qui réfléchis longtemps et me détermine au dernier moment, me fiant à l'intuition bien plus qu'au raisonnement.

Un peu de vent s'est levé. De l'autre côté de la Seine, le soleil dore les tours de la Défense. Les abeilles bourdonnent autour des lavandes dont Loulou, enfant de Provence, a tenu à garnir, contre toute prudence, les abords de la piscine. Je ne sais quel pacte il a passé avec ces insectes, le fait est que nous vivons depuis plus soixante ans en bonne intelligence.

Annie s'est remise à l'eau, prenant le temps de la réflexion. Elle nage posément tandis que Jenny poursuit sa route, imperturbable. Quand Annie me rejoint sur les marches, quelques instants plus tard, son opinion est arrêtée.

« Je pense que tu dois le faire, dit-elle.

— Vendre La Jonchère ?

— En viager. Absolument. »

Elle détaille son point de vue sans pour autant chercher à me convaincre. Comme dirait Michael : elle ne me met pas la pression. En ceci, comme en beaucoup d'autres domaines, elle est pleinement américaine et respecte pardessus tout la liberté d'autrui. Je lui ai demandé son avis, elle me le donne, arguments à l'appui. La décision dépend de moi seule.

J'appelle ma banquière !

*

Vendre ou garder La Jonchère... Les images défilent.

Juillet 1949, « Ma cabane au Canada » est sur toutes les lèvres. Le Tour de France vient de s'achever, remporté avec onze minutes d'avance par le champion italien Fausto Coppi. Chaque soir, au terme des vingt et une étapes, j'ai chanté devant des foules immenses. Pour le public, je ne suis plus seulement une voix anonyme qui sort du poste, j'ai un visage, une silhouette, une personnalité. Loulou et moi rentrons victorieux mais exténués rue Ruhmkorff, dans l'appartement que nous partageons avec papa Gasté. Loulou a maintenant quarante-deux ans. Je rêve d'une maison bien à nous, vaste et aérée, où je puisse faire trotter Waddy, mon caniche noir, planter des fleurs, des légumes et des fruits, recevoir des amis et dormir au calme. Bref, nous souhaitons « vivre dans la chlorophylle », comme on disait alors.

Loulou contacte un agent immobilier à Bougival et lui explique que nous cherchons un terrain bon marché, proche de Paris. « J'ai ce qu'il vous faut ! » assure-t-il.

Quelques jours plus tard, nous nous frayons un passage au travers d'épais taillis pour explorer l'endroit. Pas d'eau, pas d'électricité, d'énormes blocs de rochers. Mais au bout d'un chemin que Loulou défriche à la hache, une vue extraordinaire sur la vallée de la Seine.

Dans un petit texte que j'ai retrouvé plus tard en classant ses papiers, Loulou évoque ce moment miraculeux : « Nous échangeâmes un regard, écrit-il. Sans qu'il soit besoin de se consulter, notre décision était prise : c'est là que nous construirions notre maison. »

Nous l'avons faite à notre rythme, cette maison, au gré des droits d'auteur de Loulou, de mes disques, de mes tournées, plus tard de mes revues.

Dans les premiers temps, nous campions sous la tente, arrivant le samedi matin et finissant la route à pied, notre matériel sur le dos, car le chemin était impraticable en voiture. Puis Loulou a eu l'idée de demander à Pathé-Marconi de venir déverser chez nous tous les résidus de fabrication des 78 tours de « Ma p'tite folie » dont l'usine de Chatou avait tiré des centaines de milliers d'exemplaires. Non seulement notre voiture, mais les engins de chantier ont enfin pu accéder au sommet de la côte et la construction a démarré. Elle a duré quarante ans. Je ne suis pas certaine qu'elle soit achevée.

À la fin de sa vie, Loulou ne supportait plus de vivre dans un éternel chantier. Pendant des années, rien n'a été entrepris à La Jonchère, pas même la plus élémentaire réparation. Lorsqu'il est mort, le 8 janvier 1995, la maison était en piteux état.

« Ne lâche jamais La Jonchère ! » avait dit Loulou. Submergée de tristesse, j'ai pourtant failli abandonner. Était-il possible qu'il m'impose de vivre sans lui dans cet endroit où tout, à chaque instant, me disait sa présence ?

En juin suivant, à contrecœur, je suis allée me reposer quelques jours à La Baule, où Loulou avait passé toutes ses vacances enfant et où nous avions si souvent séjourné ensemble. Selon mes amis, c'était la meilleure façon de « me changer les idées ». J'ai vite compris que ce n'étaient pas seulement mes idées qu'il aurait fallu changer pour dissiper le profond découragement dont j'étais saisie, mais mon cœur, ma tête, mon corps tout entier qui avait vécu cinquante ans avec cet homme, rencontré au sortir de l'adolescence et jamais quitté jusqu'à ce soir de janvier où ses yeux s'étaient fermés pour toujours.

Je faisais de longues promenades sur la plage, accompagnée de Gladys, notre berger allemand que Loulou appelait tendrement « sa fille ». Tout en marchant, je le suppliais de m'envoyer un signe, quelque chose qui répondrait enfin à la question que je lui posais sans répit : « Loulou, est-ce que je dois garder La Jonchère ? » Mais j'avais beau compter et recompter les mouettes, observer le mouvement des bateaux dans la baie, scruter le visage des promeneurs, je n'y trouvais nul indice.

Un soir, vers six heures, rentrée à l'hôtel, on me passa une communication dans ma chambre. C'était mon amie Monique Bouygues, qui elle-même avait perdu Francis, son mari, deux ans plus tôt et s'en remettait difficilement.

« Sais-tu ce que je viens de retrouver en faisant du rangement ? m'annonça-t-elle. Un dessin de Loulou ! »

Je m'exclamai : « Attends, ne me dis rien ! Une plage, un phare, le soleil qui se couche à l'horizon, les chalutiers qui rentrent au port ?

— Mais oui, comment as-tu deviné ? » répondit-elle, surprise.

Ce n'était pas bien compliqué. Loulou dessinait à chaque fois la même chose. Sur un programme, une nappe de restaurant, une pochette d'allumettes. C'était sa manière de signer des autographes, particulièrement s'il s'agissait d'une jolie femme. Petit geste de galanterie d'un homme qui aimait séduire.

Soudain me revint en mémoire ce dîner à Cannes, en 1992, organisé par Francis Bouygues pour la présentation de *Talons aiguilles*, le film d'Almodóvar qu'il venait de produire. Monique me confirma que le dessin de Loulou était griffonné au dos du menu.

« Ce dessin, je l'ai même en double parce qu'il en avait fait un autre pour ma fille Corinne. Ça te ferait plaisir que je t'envoie l'un des deux ?

— J'aimerais beaucoup. Figure-toi que j'ai vu Loulou faire ce dessin devant moi des centaines de fois et que je n'en ai pas gardé un seul. »

En réalité, je n'en avais pas conservé parce que ces dessins ne m'étaient pas destinés. C'étaient des hommages innocents rendus aux autres femmes. Si bien que, par ce détour, Loulou me l'offrait pour la première fois.

Comment ne pas y voir le signe que j'attendais ?

Rentrée à Paris, non seulement j'ai entrepris aussitôt les travaux indispensables, mais j'ai agrandi et embelli La Jonchère, bien décidée à y passer le restant de mes jours.

Même infinie lassitude, mêmes doutes lorsque maman est partie à son tour. À quoi bon cette grande maison pour y vivre seule ? De nouveau, j'ai surmonté mon abattement, je me suis remise au travail, pour Loulou, pour maman, pour qu'ils puissent, à leur façon, continuer à vivre dans ce lieu qui leur était familier. Ce n'est pas la plus belle des maisons, j'en ai connu de plus fastueuses, mais c'est mon univers, c'est le leur. Je ne supporterais pas d'en être privée.

Le piano de Loulou, ses guitares, les arbres fruitiers qu'il surveillait jalousement, ses lavandes autour de la piscine, le cèdre bleu aujourd'hui gigantesque, notre premier arbre, offert en 1952 par Michel Audiard…

La chambre de maman, à côté de la mienne, toujours impeccablement rangée, impersonnelle tant elle était pudique et craignait d'occuper trop de place…

Viager, *rente* et *bouquet*, s'il faut en passer par là pour vivre avec eux jusqu'au dernier jour et au-delà, eh bien je m'y ferai. Au diable les superstitions et les coquetteries de langage.

*

Les abeilles vibrionnent au-dessus des lavandes, Marie-Annick, sur la terrasse, dresse la table pour le repas du soir. Nous avons des invités, elle a mis les petits plats dans les grands. Câline, nullement découragée par mon indifférence, garde l'œil rivé au tuyau d'arrosage, Jenny entame son énième va-et-vient. Annie, penchée sur son téléphone portable, scrute les images que lui envoient les caméras de surveillance branchées dans sa maison de Las Vegas.

« Après tout, le viager, pourquoi pas ? » dis-je, rompant le silence.

Perdue dans mes réflexions, j'ai à peine conscience de m'être exprimée à haute voix.

« Parles-en à Paul », suggère Annie.

Paul est un autre de mes amis américains, un Belge installé aux États-Unis depuis quarante ans. Il a créé et dirige à Palm Springs un restaurant fantastique, le Vallauris. Il est intelligent, sensible et tellement drôle. J'ai une grande confiance dans son jugement. En effet, pourquoi ne pas lui demander ce qu'il en pense ?

« Quelle heure est-il en Californie ? Neuf heures du matin ? »

Je me lève, enfile une paire de sandales.

« Tu as raison, dis-je, je vais appeler Paul.

— Et moi, j'appelle ma banquière ! » répond une voix en écho.

C'est Jenny qui, du milieu du bassin, vient de lancer cette phrase, prélude à six mois de désordre et de convulsions. Mais cela, nous l'ignorons encore.

« Ta banquière ?

— Oui. Pour acheter La Jonchère », répond Jenny sans cesser de nager.

Annie et moi éclatons de rire. La bonne blague…

« Je ne savais pas que tu avais aussi de l'humour », conclus-je gaiement en remontant vers la maison.

Pourtant, ni l'assurance de Jenny ni son ton posé, ne suggèrent qu'elle plaisante. Préméditation, soudaine inspiration, étourderie aux conséquences imprévisibles ? Je m'interroge encore.

C'est pour tenter d'y voir clair que j'entreprends ce récit.

Chapitre deux

Elle voudrait tellement te connaître

Du bois, je voudrais du bois, beaucoup de bois…

Voilà quelle était à peu près ma seule idée lorsque j'ai finalement décidé, quelques mois après la mort de Loulou, de restaurer et d'embellir La Jonchère. Un peu succinct pour une si grande maison.

Courir les antiquaires, chiner aux puces, je n'en ai jamais eu le temps – ni à vrai dire l'envie. Le problème s'est donc posé de trouver un décorateur qui puisse concevoir avec moi le nouvel environnement auquel je pensais, plus léger, plus discret, surtout pas *intérieur de vedette* tel qu'on l'imaginait dans les années 50.

Puisque j'aimais le bois, des amis m'ont conseillé un décorateur alors très en vogue – j'ai oublié son nom, ce qui m'évite d'avoir à le taire – qui s'était fait une réputation en rénovant d'anciens grands cafés parisiens dans le style pub anglais, cuir, cuivre et bois verni.

Entre lui et moi, ce fut bref. Il fumait des Craven à bout liège, portait son veston négligemment jeté sur les épaules et distillait un profond ennui. À peine avait-il mis un pied à La Jonchère qu'il soupirait, l'air vaguement écœuré : « Il faudrait tout casser... Tout casser... » J'ai jugé préférable de rompre avant qu'il ne mette son projet à exécution.

Un soir, à l'issue d'un concert, je croise Ève Ruggieri et lui fais part de mes petits soucis. « Line, s'exclame-t-elle, j'ai l'homme qu'il vous faut. Il s'appelle Didier Rabes, c'est un ami, il a un talent fou et de plus, il vous adore. Téléphonez-lui de ma part, il sera ravi de vous donner amicalement des conseils. »

Je note soigneusement son numéro, les jours passent et je ne l'appelle pas. Dès que je m'apprête à le faire, quelque chose me retient, une gêne. Toujours mon fichu rapport à l'argent, cet orgueil des petites gens, de ma grand-mère, de ma mère, qui ne veulent pas avoir l'air de dépendre des autres ou d'en profiter. Lorsque j'ai entendu : « Il sera ravi de vous donner *amicalement* des conseils », j'ai traduit : « Il sera ravi de vous donner *gratuitement* des conseils », et c'est cela qui me retient de l'appeler.

Quelques mois plus tard, je croise à nouveau Ève Ruggieri. « Mais enfin, Line, pourquoi n'avez-vous pas appelé mon ami Didier Rabes ? Vous avez trouvé quelqu'un d'autre ?

— Non, personne.

— Vous avez renoncé à votre projet ?

— Pas du tout, mais... »

Percevant mon embarras, elle prend les choses en main et nous met directement en rapport. Nous convenons de nous rencontrer chez lui. Il me donne son adresse : 222, rue du Faubourg-Saint-Honoré.

Deux, le chiffre de maman. Triple deux, on ne saurait espérer plus favorable.

Je sonne, il m'ouvre et m'introduit dans un grand salon entièrement boisé. Un bois couleur miel, velouté, chaleureux, une impression de simplicité et d'élégance à la fois. Exactement l'effet que je recherche pour La Jonchère.

Avant même de m'asseoir, ma décision est prise : « C'est vous qui devez faire ma maison ! »

À mon grand étonnement, je prends un vif plaisir à fréquenter dans son sillage les brocantes et les salles de vente. Il m'écoute et me guide, prend le temps de comprendre mes intentions, même si je les exprime de façon maladroite et désordonnée. À aucun moment je ne me sens contrainte d'accepter des choix qui ne seraient pas les miens. Après plusieurs mois de travaux, La Jonchère ressemble à la maison que j'ai voulue, lumineuse et gaie, raffinée sans ostentation.

Un matin, Didier me téléphone. « J'ai un confrère, un antiquaire, Alain F., la fille de sa copine est absolument folle de toi depuis l'âge de sept ans. Elle voudrait tellement te connaître… Sa chambre est tapissée d'affiches et de photos de toi, elle se ruine pour acheter aux puces les vieux disques de tes chansons. Accepterais-tu de la recevoir ? Elle s'appelle Jennifer, mais tout le monde l'appelle Jenny. J'ai cru comprendre qu'elle avait à peu près dix-sept ans. »

Bien entendu, j'accepte. Jenny habite Rennes. Elle viendra me voir au théâtre un dimanche en matinée et je la recevrai ensuite quelques instants dans ma loge avant qu'elle ne file à la gare pour rentrer chez elle.

Didier me remercie vivement et raccroche. Il vient, sans le savoir, de donner un sérieux coup de pouce au destin.

Nous sommes à l'automne 2002, depuis septembre je joue avec Jean-Claude Brialy *Poste restante,* de Noël Coward au Palais-Royal. Certains ont écrit que ce n'était pas la meilleure pièce de l'auteur de *Brève rencontre.* Peut-être, à condition de préciser qu'une pièce moyennement réussie de Coward est déjà supérieure à la plupart de celles qui sont représentées chaque soir à Paris. Quant à moi, qui n'étais pas apparue sur scène depuis *La Visite de la vieille dame,* six ans plus tôt, dans ce même théâtre, j'ai adoré jouer cette comédie grave et profonde. Le personnage de Carlotta Gray – que Vanessa Redgrave avait tenu à Londres – fait encore partie de mes rôles favoris.

C'est aussi un souvenir particulièrement émouvant, car sans pouvoir l'affirmer, je pense qu'à cette époque, Jean-Claude souffrait déjà de la maladie qui devait l'emporter quelques années plus tard. Combien de fois je me suis inquiétée de le voir assis à l'écart, l'air désemparé, dans sa robe de chambre de soie qui s'ouvrait largement sur son ventre – et parfois un peu plus bas. Mais dès qu'il surprenait un regard posé sur lui, il redevenait à l'instant le Brialy moqueur et brillantissime dont tout le monde raffolait.

Très généreux, bon camarade, c'était un partenaire merveilleux. Beaucoup d'acteurs ne se fient qu'aux mots, ils connaissent leurs propres lignes et se préoccupent de ce que dit l'autre uniquement pour guetter la syllabe finale qui leur donnera le top départ, *the cue,* comme disent les Américains. Changer les derniers mots d'une réplique et vous lirez l'angoisse dans leurs yeux. Avec Brialy, rien de tel. Si l'un de nous deux se trompait, l'autre enchaînait sur le sens. En vérité, nous réinventions la pièce au fur et à mesure que nous la jouions. Le public ne s'y est pas trompé et, de septembre au mois de juin, nous a fait un triomphe tout au long des trois cents représentations.

*

Ce dimanche de novembre, quelques amis sont venus voir ou revoir le spectacle. Ils envahissent ma loge, affectueux, enthousiastes, nous buvons une coupe de champagne. J'aime ces moments où je me libère peu à peu de la tension accumulée depuis l'instant où je suis partie de chez moi, quelques heures plus tôt, pour me rendre au théâtre.

Demain est jour de relâche. Tout à l'heure, en quittant ma loge, je pourrai laisser le trac au portemanteau avec ma tenue de scène.

La porte s'entrouvre, mon habilleuse passe la tête :

« Une jeune fille demande à vous voir. Elle attend dehors avec sa maman.

— Une jeune fille ? Avec sa maman ? »

Tout à coup, je me souviens. Cette Jenny venue de Rennes que Didier Rabes m'a recommandée.

« Vite, faites-les entrer ! »

La maman n'était pas prévue. C'est elle qui apparaît en premier. Elle reste figée, surprise de voir tant de monde entassé dans un si petit espace. Sur ses talons, une adolescente, presque une enfant. Visage poupin, queue-de-cheval, des ballerines, un imper beige, un pull bleu marine sur un chemisier à col rond. Elle me fixe de ses grands yeux noirs, ou plus exactement, elle fixe la scène, comme on prend une photographie. Elle la grave dans son esprit dont elle ne sortira plus jamais.

Naturellement, je parle après coup, je parle aujourd'hui, avec ce que je sais et que rien ne laissait prévoir ce jour-là. Mais je suis persuadée que tous les éléments réunis à cet instant ont constitué pour elle une image fondatrice, un flash éblouissant qui, en une fraction de seconde, ont changé sa vie. Une loge de théâtre, petite bulle chaleureuse et intime, les murs tendus de cretonne, la méridienne en velours rouge, la glace de maquillage violemment éclairée, les fards, les crèmes, les pinceaux, ces gens qui bavardent, insouciants, une coupe de champagne à la main, Jean-Claude Brialy passant sur ces entrefaites, superbe dans son manteau sombre, une longue écharpe rose autour du cou : « Bye-bye, ma chérie, dit-il en m'embrassant. À mardi. Ne fais pas de folies de ton corps… »

Et moi, bien sûr, celle qu'elle admire depuis toujours, au centre de l'image, applaudie, fêtée, si enviable à ses yeux…

Je fais entrer la mère et la fille, je les mets à l'aise, je leur sers un peu de champagne. « Juste pour tremper les lèvres », dit Jenny. Elle tient sous le bras un énorme classeur noir. Je me dis qu'elle a emporté ses cours avec elle pour repasser ses leçons dans le train. Mais non, il s'agit de tout autre chose.

Elle me tend le dossier, je l'ouvre. À l'intérieur, collés sur des feuilles cartonnées, des centaines de photos et d'articles me concernant, à tous les stades de ma vie. Au bas de chaque page, un petit texte, un dessin, une pensée calligraphiée avec soin. De temps à autre, un collage, une enluminure, comme une icône à ma dévotion.

Je tourne les pages, sidérée. Par quel prodige de patience, par quelle obstination maniaque est-elle parvenue à rassembler cette énorme masse de documents ? Passe encore pour les extraits découpés dans *Paris Match* ou *Télé 7 jours*, mais d'où tient-elle cet article paru dans le *Daily Telegraph* en 1954 à propos de « Paris-Piccadilly », mon show télévisé à la BBC ? Comment sait-elle que j'ai beaucoup travaillé en Angleterre au début des années 50 ?

« Elle connaît tout de vous », me souffle sa mère, comme si elle avait lu dans mes pensées.

C'est une femme d'une quarantaine d'années, non dépourvue de charme, un peu énigmatique. Elle s'appelle Odile. Comme Jenny, elle s'habille assez strictement, avec ce genre de vêtements dont on assure qu'ils ne se démodent jamais. Elle me dit qu'elle tient une épicerie de luxe, genre Hédiard ou Fauchon, en plein centre de Rennes, ce qui ne colle pas vraiment avec son apparence austère. On l'imaginerait plus volontiers enseignante ou cadre moyen dans une entreprise.

Mère et fille semblent très proches et c'est ainsi qu'elles m'apparaîtront durant les dix ans qui vont suivre. De fait, Jenny m'avouera plus tard qu'il lui arrive encore de dormir dans le lit de sa maman…

Je continue à tourner les pages du classeur noir et m'attarde sur les événements qui ont jalonné les grandes étapes de ma carrière. La partition – qu'on appelait alors *petit format* – du « Complet gris », mon premier succès, avec en couverture ma photo couleur sépia sur laquelle je suis entourée par Bourvil, Henri Salvador et Maurice Chevalier, pour mon Grand Prix du disque, en 1949… La belle affiche de Brenot pour « Plaisirs », qui marqua mes débuts de meneuse de revue… Le signal lumineux en forme de bulbe du Dunes, à Las Vegas, avec mon nom en lettres de feu… Le programme de *Folle Amanda,* ma première pièce de théâtre, lorsque j'ai décidé, en 1980, de jouer une nouvelle carte en devenant comédienne…

Attirés par mes exclamations, mes amis – certains très anciens et très aimés – se sont regroupés et regardent les photos par-dessus mon épaule. Les souvenirs fusent, les anecdotes, les « Tu te souviens... ? » les « Ça me rappelle... ». C'est un joli moment d'émotion. On complimente Jenny : quel boulot ! Elle rosit de plaisir. Elle est charmante.

Décidément, cette gamine me plaît.

L'heure tourne, il est temps pour la mère et la fille de prendre le métro pour la gare Montparnasse si elles veulent regagner Rennes à une heure décente.

« Demain j'ai lycée », précise Jenny. Elle est en terminale, brillante élève semble-t-il, et se destine à des études d'économie.

Elle promet de m'écrire, je l'y encourage, nous nous embrassons. Je confie Jenny et sa maman à mon habilleuse qui les guidera vers la sortie dans le labyrinthe de couloirs et d'escaliers en colimaçon de ce vieux et beau théâtre.

Dès qu'elles ont quitté ma loge, les compliments fusent. Jenny a conquis tout le monde, y compris moi.

« Tu ne vas pas la perdre de vue ? » s'inquiète quelqu'un. « Surtout ne la laisse pas tomber ! » ajoute un autre, impératif.

La laisser tomber ? En aurais-je l'intention que je n'y parviendrais pas. Car Jenny, elle, ne laissera jamais tomber.

De cela, j'en ai eu la certitude à l'instant même où son regard a croisé le mien, sur le seuil de la porte.

*

Il y a deux catégories d'artistes. Ceux qui, une fois arrivés, pensent qu'ils ne doivent rien à personne. Et ceux, j'en fais partie, qui sont persuadés que c'est grâce à cette petite armée de *fans* de tous âges, de toutes conditions, restés fidèles depuis le début de leur carrière, qu'ils sont finalement parvenus au sommet.

Lorsque j'ai commencé à chanter, à quinze ans, dans les faubourgs de Lille, des garçons m'attendaient à la sortie. Sans doute espéraient-ils avoir une petite aventure avec moi. Parfois, je recevais des lettres à la maison. Sur l'enveloppe bleue, un peu grossière, qui ressemblait au papier dont on enveloppait les pains de sucre, était tracé, à la pointe du triangle qui la fermait, un cœur entouré d'un sigle mystérieux : *FPMB.* J'ai d'abord cru qu'il s'agissait des initiales de l'admirateur. Mais comme beaucoup d'enveloppes, venues d'expéditeurs différents, portaient les mêmes initiales, je me suis doutée qu'il s'agissait d'autre chose. Une camarade plus avertie que moi a éclairé ma lanterne : FPMB signifiait en réalité : « Fermée Par

Mille Baisers ». Honteuse, je me suis dès lors précipitée, sitôt le facteur passé, pour subtiliser le courrier, de crainte que ma grand-mère ou ma mère en prenne connaissance avant moi.

Mes premières vraies lettres de fans, je les reçois à la radio, en 46, après mes passages dans des émissions très populaires au lendemain de la Libération, telles que « Chanson grise, chanson rose » ou « Première chance ». Mais c'est évidemment la « Cabane au Canada » qui déchaîne le flot de courrier jamais tari depuis. Au début, il me paraît tout naturel d'y répondre. Quand on vous écrit, c'est la moindre des choses. Je prends soin, un peu naïvement, d'élaborer des réponses personnalisées, comme si mes correspondants répartis aux quatre coins de la France étaient en mesure de comparer les lettres que j'envoie à chacun d'entre eux et de constater, déçus, qu'elles se ressemblent toutes. Rapidement, il faut me rendre à l'évidence : la pile « à répondre » grimpe à une vitesse vertigineuse, tandis que la pile « répondu » stagne lamentablement. Y consacrerais-je les sept jours de la semaine que je ne parviendrais jamais à combler mon retard. Alors que faire, renoncer ? Je ne l'envisage pas une seconde. Je tiens à ce lien, j'en apprécie la chaleur et la spontanéité.

Rien à voir avec les démonstrations frénétiques de ces jeunes filles qui se couchent littéralement sous les roues de la Lancia de Loulou, rue Ruhmkorff, pour nous empêcher de démarrer. Elles s'agrippent à moi en hurlant, m'embrassent, me touchent comme une sainte, tandis que le malheureux Loulou tente sans grand succès de se frayer un chemin parmi les corps étendus sur la chaussée.

Heureusement, c'est à cette époque que je rencontre Nanou qui me tire d'embarras. Elle est la femme de Johnny Stark, le futur imprésario de Johnny Hallyday et de Mireille Mathieu. Loulou, avec son flair habituel, a repéré Stark dès 1946, lorsqu'à vingt-quatre ans, sans le moindre contact dans le métier, il a organisé à Cannes un mémorable Gala des Étoiles.

Trois ans plus tard, Loulou décide que nous produirons nous-mêmes ma première tournée, sans l'aide des habituels tourneurs, qu'il appelle « les vieux croûtons » ou « les requins ». Il lui faut un manager, il se souvient de Stark et lui expédie un télégramme ainsi conçu : « Voulez-vous organiser la première tournée de Line Renaud ? Réponse rapide souhaitée. » Stark accepte dans l'heure qui suit et arrive le lendemain matin avec Nanou par le Train bleu, devenu légendaire, qui reliait en une nuit Paris à la Côte d'Azur.

Alsacien d'origine par son père, corse par sa mère, c'est un colosse de un mètre quatre-vingt-dix, un aventurier, un bourlingueur. Engagé volontaire à dix-neuf ans pendant la Seconde Guerre mondiale, c'est en Afrique du Nord qu'il se prend de passion pour le show business en assistant aux représentations données par de grandes vedettes d'outre-Atlantique venues galvaniser le moral des troupes américaines.

Doté d'un culot à toute épreuve, c'est lui qui, pour cette tournée, a l'idée géniale de s'adresser aux milliers de comités des fêtes qui quadrillent la France jusque dans les villes les plus reculées, pour leur vendre à l'avance mon spectacle. Entassés dans une pièce rue Ruhmkorff, chez papa Gasté, Stark, Nanou, Loulou et moi passons nos journées à dresser des listes, cocher les réponses favorables, relancer les réticents ou les négligents, attendant des heures entières que les demoiselles des PTT veuillent bien nous passer « le 22 à Asnières ».

Démarche absolument inusitée, ce travail de fourmi se révèle payant. La tournée est un triomphe. Je suis définitivement lancée et Stark aussi, par la même occasion.

Nanou est une femme gaie et pleine d'énergie. Rien ne la rebute. Nous devenons bien vite de grandes amies, elle restera plusieurs années ma secrétaire. Je m'ouvre à elle de mon problème de courrier. Ensemble, après quelques tâtonnements, nous mettons au point une méthode. Au lieu de laisser les enveloppes déborder des boîtes en carton où je les entasse – chaque jour augmentant mon angoisse d'avoir à y répondre –, nous les ouvrons sitôt reçues et les classons en trois catégories. 1. Les demandes de photos dédicacées, auxquelles nous répondons immédiatement ; 2. Les lettres de compliments, qu'un simple remerciement suffit à satisfaire ; et 3. Les lettres plus personnelles, les demandes de conseils, parfois les demandes de secours matériel qui exigent que l'on s'y attarde. En concentrant mes efforts sur cette dernière catégorie et en lui consacrant un ou parfois deux après-midi par semaine, je parviens à épuiser le stock en souffrance et par la suite, à me tenir à peu près à jour.

C'est ainsi que je procède encore aujourd'hui, même si, venant de mes correspondants, les mails remplacent souvent le papier quadrillé et la pointe Bic. Chaque lundi après-midi, je m'installe en face de Michael et plusieurs heures durant, nous répondons studieusement au courrier. De temps à autre, lorsque les piles s'amoncellent, Jeremy, fan depuis l'âge de douze ans, prend sur son week-end, passe le samedi après-midi à La Jonchère et m'aide à tenir la cadence.

Beaucoup de mes correspondants m'écrivent pour la première fois. Ils s'adressent à moi intimidés, ils craignent de m'importuner, ils utilisent des formules un peu contournées qui trahissent leur embarras. D'autres, au fil du temps, sont devenus des familiers. Depuis dix, vingt ou trente ans, ils m'écrivent comme on écrit à un proche parent avec qui le lien n'est jamais rompu, quelles que soient les vicissitudes passagères. Ils commencent leur lettre par : « Excusez mon long silence, j'ai été bien malade mais maintenant ça va mieux et je m'empresse de vous donner de mes nouvelles... » Le plus extraordinaire, c'est que dans la plupart des cas, sans que je prétende me souvenir du prénom de chaque enfant, petit-enfant, premier, second mari, ni que je tienne le compte exact des naissances et des deuils, je garde en mémoire la trace de centaines, peut-être de milliers d'êtres que je n'ai jamais autrement rencontrés qu'au travers de leurs lettres.

Je suis curieuse des gens, mes origines me préservent, Dieu merci, de toute prévention de classe. Rester accessible, entretenir une relation personnelle avec ces hommes et ces femmes, souvent très simples, qui s'adressent à moi chaque jour, n'est en rien une corvée ou un truc pour m'attirer les bonnes grâces du public, c'est ma manière d'être. Mais aussi spontanée soit-elle et dépourvue d'arrière-pensée, cette disponibilité, je m'en rends compte à présent, a pu susciter chez certains des attentes exagérées, alimenter des espoirs et des illusions, engendrer des frustrations.

Le propre des fans, au moins des plus déterminés d'entre eux, c'est d'établir – ou de tenter d'établir – une relation personnelle et exclusive avec l'être qu'ils vénèrent. Chaque mot, chaque geste, chaque regard de leur idole les conforte dans l'idée qu'ils ont été spécialement remarqués, désignés, choisis. Que d'autres puissent bénéficier de la même attention, ils préfèrent l'occulter. Ils ont été élus, eux et eux seuls.

Un fan ne partage pas.

Bien qu'il ne puisse pas douter de la place qu'il occupait dans ma vie, Hervé, ce cher et malheureux Hervé dont je parlerai plus tard, ne supportait pas de voir Michael, Jeremy et bien d'autres guetter patiemment ma sortie, rue du Bois-de-Boulogne, où se trouvaient les studios Loulou Gasté. Loin de se reconnaître en eux, loin d'éprouver de l'indulgence pour ce qu'il avait été autrefois, il sortait en furie et les chassait comme des importuns et des usurpateurs.

En refermant la porte de ma loge sur Jenny, cette jeune fille sage qui repartait vers Rennes, son gros dossier sous le bras, je savais, sans le formuler, que les images violemment contrastées qui s'étaient présentées à elle un bref instant enflammeraient à jamais son imagination. Et son regard qui croisait le mien signifiait aussi bien « Je vous appartiens » que « Vous m'appartenez ».

C'est moi qui, involontairement, avais allumé cet incendie. Rien, à ce moment, ne m'en laissait prévoir les conséquences.

Chapitre trois

L'agent dormant

Loulou adorait les films d'espionnage. Je m'asseyais parfois pour regarder avec lui la série *Destination danger* dont il ne ratait aucun épisode. Mais je dois dire que si je trouvais Patrick McGoohan très séduisant, je me perdais rapidement dans les aventures de John Drake, confondant *good guys* et *bad guys* et incapable de comprendre qui courait après qui et dans quel but. En réalité, ce que j'appréciais principalement, dans ces trop rares soirées d'intimité à La Jonchère, c'était de tenir la main de Loulou et de partager sa joie enfantine quand l'une de ses hypothèses se révélait exacte. Car son esprit mathématique ne pouvait s'empêcher d'anticiper sur les péripéties du scénario.

« Tu vas voir, pronostiquait-il, c'est lui qui a tout manigancé.

— Lui ? Penses-tu, il est sympathique comme tout.

— Justement. Méfiance ! » ricanait-il, l'air de celui à qui on ne la fait pas.

La suite lui donnait généralement raison.

Une notion, pourtant, me plaisait beaucoup. C'était celle d'*agent dormant*. J'étais fascinée par l'idée qu'il puisse y avoir, venant de Russie ou d'ailleurs, un espion qui, pendant plusieurs années, s'appliquait à paraître le plus insignifiant possible, employé de banque ou petit boutiquier, pour, tout à coup, jeter bas le masque et passer à l'action, révélant sa vraie nature, cruelle et cynique.

Sachant ce que j'ai appris depuis, je serais tentée de dire que pendant les dix ans qui ont suivi notre première rencontre au Palais-Royal, Jenny a été une sorte d'agent dormant, un personnage anonyme et discret dont j'aurais été bien en peine de définir les goûts et les aspirations, sinon qu'elle était passionnée d'informatique et qu'elle s'appliquait à faire les meilleures études possibles pour décrocher ce qu'elle appelait « un bon job ». Durant toute cette période, notre relation, d'abord épisodique, puis devenue plus assidue, a été parfaitement banale, sans événement notable, sans relief particulier. Dénuée même de ces minuscules incidents qui permettent de s'exclamer après coup : « J'aurais dû m'en douter ! »

Toujours accompagnée de sa mère, Jenny est revenue voir douze fois *Poste restante*, à Paris puis en tournée, lorsque la pièce se donnait dans une ville plus ou moins facilement accessible depuis Rennes. Signe manifeste de dérèglement obsessionnel ? Pas le moins du monde. Comportement tout à fait classique de la part d'un fan pour qui le spectacle en lui-même n'a qu'une importance accessoire, l'essentiel étant dans la communion secrète qu'il entretient avec son idole.

Son adoration se nourrit de la répétition.

Ainsi Michael, garçon parfaitement sensé, les pieds solidement ancrés dans le réel, me confirme qu'il a assisté à dix-huit représentations de *Pleins Feux*.

C'est alors un tout jeune homme. Il habite Drancy avec sa mère, femme de ménage dans un hôpital voisin. Il n'a jamais mis les pieds au théâtre. Une amie lui dit qu'elle a deux places pour la Michodière le dimanche suivant, veut-il l'accompagner ? Il n'a rien de mieux à faire, il accepte. Le nom de Véronique Jannot, avec qui je partage l'affiche, lui dit vaguement quelque chose, le mien lui est totalement inconnu. Il assiste au spectacle et en sort transporté.

« Ça a été le coup de foudre ! » me dit-il.

Le coup de foudre pour moi, s'entend – sans diminuer les mérites de ma partenaire.

D'un naturel sociable, très sympathique, Michael lie connaissance avec la caissière de la Michodière. Elle lui refile des places en douce. Poussant plus loin l'audace, il se fait copain avec le gars qui surveille l'accès aux coulisses. Celui-ci collectionne les pin's, ces petits insignes qui alors font fureur. En échange d'un pin's, il le laisse pénétrer dans le Saint des Saints. C'est comme ça qu'il débarque un soir dans ma loge où je l'accueille, exactement comme j'accueillerai Jenny quelques années plus tard.

Aujourd'hui, je l'interroge.

« Mais pourquoi, qu'est-ce qui t'a plu chez moi ?

— Votre énergie. »

Je le pousse dans ses retranchements.

« Mon énergie, c'est tout ? Tu ne vois rien d'autre ? »

Il réfléchit.

« Votre grain de voix. »

C'est dire, et de façon charmante, à quel point cette soudaine attraction est à la fois impérieuse et fragile.

Je reparlerai de Michael, j'évoquerai Jeremy, et d'autres encore. Non pas pour m'enorgueillir de provoquer de tels engouements, mais pour montrer que le comportement de

Jenny – du moins dans sa phase « agent dormant » – n'a rien qui puisse m'inquiéter. De même que je n'ai aucune raison de m'étonner qu'elle se soit vouée dès l'âge de huit ans à une artiste dont la carrière avait commencé quarante ans avant sa naissance. J'en ai eu l'exemple avant elle et le vis comme un phénomène, certes un peu mystérieux, mais dont j'ai tout lieu de me réjouir.

*

Pendant cette période, Jenny m'écrit régulièrement, de longues lettres ornées de dessins ou accompagnées de photos. Elle me tient minutieusement au courant de ses études, qui sont l'essentiel de ses préoccupations. Avant chaque examen, je ne manque pas de lui envoyer un petit mot d'encouragement. Je lui dis que je la crois très intelligente – elle l'est à coup sûr –, qu'il faut qu'elle prenne confiance en elle, qu'elle surmonte sa timidité – la timidité que je lui prête et dont je m'apercevrai plus tard qu'elle n'est qu'un masque. Sa mère me remercie. « Ça l'aide beaucoup, m'écrit-elle. Elle a tellement peur de vous décevoir ! »

En 2007, je joue *Fugueuses* avec Muriel Robin au Théâtre des Variétés, en 2010 *Très chère Mathilde* avec Samuel Labarthe au Théâtre

Marigny. De nouveau, Jenny assiste à de multiples représentations, à Paris comme en tournée. Parfois sa mère l'accompagne, mais bien moins souvent.

Jenny n'est pas bavarde et je ne sollicite pas ses confidences. J'ai pourtant appris que ses parents s'étaient séparés alors qu'elle n'avait que trois ans. Depuis, la mère et la fille ne se sont pas quittées, vivant dans l'adoration réciproque, mais aussi dans l'exaspération qui peut naître d'une constante promiscuité. Jenny aspire à l'indépendance, elle parle d'acheter un petit appartement grâce à un prêt étudiant. Toutefois elle hésite, craignant de peiner sa mère. L'une comme l'autre redoutent autant qu'elles le souhaitent de se retrouver seules.

Parfois, Jenny débarque à l'improviste au bureau, rue du Bois-de-Boulogne. Se rend-elle spécialement à Paris dans l'espoir de me rencontrer, profite-t-elle d'un séjour pour tenter sa chance, je ne me pose pas la question. Je suis contente de la voir. Je trouve qu'elle évolue bien, j'aime son côté enfant sage, j'ai plaisir à penser qu'elle profite de mes conseils. Parfois, lorsque je devine qu'elle ne sait pas où dormir, soit parce qu'elle a raté son train, soit parce que l'amie qui devait l'héberger lui a fait faux bond, je l'accueille à La Jonchère. Elle en est à la fois embarrassée et follement reconnaissante. Marie-Annick l'a prise en sympathie. Elle la trouve « bien élevée », ce qui, à ses yeux, vaut toutes les qualités.

Un dimanche de juin, je l'invite à déjeuner avec sa maman et le frère de celle-ci. Dans le carnet où elle consigne méticuleusement la composition des repas servis à chaque convive afin de ne pas leur proposer deux fois de suite le même plat, Marie-Annick a noté : *Crudités, côtelettes d'agneau, légumes braisés, salade de fruits.*

Un menu familial, en somme.

La table est dressée sur la terrasse, face aux massifs de roses. Il fait très chaud, on se dit qu'il aurait peut-être été préférable de s'installer à l'intérieur où la température reste toujours fraîche. La conversation languit, il y a un peu de gêne, comme un sourd malaise que je ne parviens pas à m'expliquer. Entre ces trois êtres, je pressens beaucoup de non-dits, de paroles réfrénées, de sujets tabous.

Malgré moi, je me sens soulagée lorsqu'ils repartent.

*

Son bac en poche, Jenny a entrepris des études de commerce. Dans mon esprit, poursuivre ses études après le bac signifie faire des études *supérieures*, ce qui m'a toujours beaucoup impressionnée. Lorsque j'étais enfant, il y avait le vin, la farine ou le cirage « ordinaire », et les mêmes produits « de qualité supérieure ». « Ordinaire ou supérieur ? » était une question que posaient machinalement les commerçants quand on leur demandait l'une ou l'autre de ces denrées. Je crois qu'il m'en est resté quelque chose et qu'à mon insu, les études *supérieures* s'opposent dans ma tête aux études *ordinaires* et en sont d'autant valorisées.

Les miennes, d'études, se sont arrêtées au brevet, que j'ai passé – et raté – en juin 1944. Quelques semaines plus tard, Lille à peine libérée, j'étais engagée à la radio et il n'a plus été question pour moi de repasser le brevet ni un quelconque examen. Dire que j'en ai été frustrée, malheureuse ou complexée serait très exagéré. Mais j'ai conservé de ce manque, tout au long de ma vie, une admiration un peu béate pour les études et ceux qui en font.

Commerce, économie, management, de quelle école ou de quel institut Jenny a suivi l'enseignement à Rennes, je serais bien en peine de le préciser. L'équivalent de HEC, m'a-t-elle dit. Je me souviens seulement du jour où elle m'a annoncé qu'elle avait été admise.

« J'ai été reçue 453e sur 5 000 candidats.

— Je suis fière de toi !

— C'est grâce à vous, je vous le dois. »

*

Nous sommes au cœur des années 2000, ordinateurs, téléphones portables, tablettes envahissent notre vie, on commence à entendre parler de *blogs*, de *Facebook*, de *réseaux sociaux*. Je ne mesure pas encore la portée de cette révolution, mais je devine qu'un bouleversement se prépare. Loulou, toujours attentif au futur et grand amateur de gadgets, n'aurait pas laissé passer l'occasion. Hélas, malgré toute ma bonne volonté, je reste très maladroite dans le maniement de mon *smartphone*, et pour moi, un téléphone, fût-il mobile, demeure essentiellement un outil servant à téléphoner. Quant à naviguer sur le Web, disons plutôt que je m'y noie corps et biens. Dans ce domaine, Hervé ne m'est d'aucune utilité, lui qui sait à peine sur quel bouton appuyer pour mettre en route son ordinateur. Jenny, tout au contraire, fait preuve d'une habileté stupéfiante. Elle jongle entre les appareils, déniche en un quart de seconde la moindre information sur Google, utilise des *applis* dont l'efficacité – et parfois l'inutilité – me sidèrent. Grâce à elle, je revois sur YouTube ou dans les archives de l'INA des documents que je croyais perdus à jamais. Par exemple mon passage dans l'émission de Jean Nohain, « 36 chandelles », en 1957, où j'interprète – surprenante entorse à mon répertoire habituel –

les imprécations de Camille dans *Horace* de Corneille, face à Bernard Noël. Ou bien ce show pour la télévision italienne, en 1963, dans lequel je chante et je danse, environnée de boys, sur une très jolie bossa-nova composée par Loulou, « *A Pasapoga* ».

Je reste bouche bée devant ce qui m'apparaît comme de la magie pure et en attribue le mérite, non à la technique qui en est la seule responsable, mais à la magicienne qui en trois clics est capable de ressusciter ces moments enfuis.

Jenny y gagne un grand prestige à mes yeux.

*

Au cours de ces années, les relations de Jenny avec mes fans sont loin d'être idylliques. Un petit groupe de jeunes gens m'entoure, ils forment ma garde rapprochée, je les aime beaucoup. Michael a créé une webradio, Radio Line Renaud, qui diffuse mes chansons 24 heures sur 24. Jérémy et Caroline animent mon blog « Les amis de Line Renaud ».

Jeremy, qui ne me connaissait ni comme chanteuse ni comme comédienne, et qui n'était même pas né lorsque je menais les revues du Casino de Paris, m'a vue lui aussi pour la première fois au théâtre où sa mère l'avait emmené. Il avait alors douze ans. Comme pour

Michael, c'est le coup de foudre. Pourquoi ? Réponse : « Votre solidité. Votre magnétisme. Vous en imposiez. »

Pour lui, il y a Line et Line Renaud, deux personnes distinctes qu'il est difficile de relier. Il est clair que la première l'intéresse beaucoup plus que la seconde. Il avoue ne pas être séduit par le milieu du spectacle.

De temps à autre, je réunis mes fans – que j'appelle mes *bloggeurs* – et invite Jenny avec eux, croyant lui faire plaisir. Mais Jeremy m'apprendra plus tard qu'elle n'appréciait pas du tout d'être confondue avec la masse, si bien que ces rencontres où nous riions beaucoup constituaient pour elle une souffrance. Alors que la plupart me tutoient, elle me vouvoie ostensiblement. « Comme pour dire : on n'est pas du même monde », note Jeremy.

Il me raconte aussi qu'un jour, invité à une avant-première, il est bloqué par erreur à l'extérieur. Apercevant Jenny qui est déjà entrée, il lui demande d'intervenir pour qu'il puisse accéder à la salle. Elle promet. Il n'en entend plus jamais parler.

Je suis plus ou moins consciente de ces tiraillements et n'y prête pas autrement attention. N'ai-je pas été témoin, pendant quarante ans, de la rivalité qui opposait Loulou et maman ? C'était à qui tiendrait la première place dans mon cœur. J'appelais leur chicane « Qui sera le chouchou de la maîtresse ? ».

*

Jenny séjourne maintenant plus souvent à La Jonchère, pour un week-end ou un pont. Lorsqu'elle est là, elle m'aide à classer mes mails, elle supprime les spams qui encombrent ma boîte aux lettres, elle m'explique le maniement de telle ou telle fonction sur mon smartphone ou mon iPad. Du jour où elle m'apprend à me servir des *smileys*, j'en parsème mes messages, quitte à me faire charrier par mes filles de cœur, Claude ou Muriel, qui trouvent cette manie parfaitement nunuche.

Jenny est patiente, attentionnée, d'humeur égale. Elle dégage un sentiment de grande stabilité, sa présence m'apaise. Marie-Annick, Jacques, Jacinthe, Luis, David, tous ceux qui, autour de moi à La Jonchère, constituent une petite communauté protectrice, l'ont adoptée. Mes amis louent ses qualités, elle tisse des liens personnels avec certains d'entre eux.

On peut dire qu'elle fait partie de la famille.

D'aucuns, nous voyant si proches, ont pensé que j'avais trouvé en elle l'enfant que je n'avais pas eu. Un substitut venu combler in extremis ce vide dont je ne me serais jamais consolée. Je dois les détromper.

D'abord, ce désir supposé d'enfant est à interroger. Certes, j'ai cruellement souffert lorsqu'il a été clair, dans les années 70, que toute perspective d'en avoir était désormais exclue. Mais je ne peux ignorer que si j'avais mis au monde un enfant, je m'y serais entièrement consacrée, sans restriction ni regret. Ce qui aurait eu pour conséquence immédiate de mettre fin à ma carrière. Loulou l'aurait-il supporté, l'aurait-il même compris ? J'en doute.

La vie est un tout, chagrins et bonheurs mêlés. Faire le tri, se lamenter de ce qui aurait pu être et n'a pas été me paraît indécent lorsque le destin, loin de vous desservir, s'est montré incomparablement généreux à votre égard.

Jenny n'était pas ma fille, je n'étais pas sa mère, ne souhaitais pas l'être, n'y pensais même pas. Elle tenait sa place, moi la mienne, j'appréciais sa discrétion, nos rapports excluaient toute ambiguïté. C'est assurément la réponse que j'aurais faite si on m'avait questionnée sur ce point.

La suite allait amplement démontrer mon erreur.

*

Jenny a obtenu son diplôme. Pour l'occasion, nous avons fait une petite fête à La Jonchère. Elle est d'autant plus heureuse qu'elle a aussitôt été engagée par une entreprise spécialisée dans la commercialisation de logiciels. Elle se rend vite indispensable, on lui confie des responsabilités. Ses patrons, un couple un peu âgé, la considèrent comme leur fille. Elle leur a parlé de moi, ce sont des fans, ils connaissent mes chansons par cœur. Je suggère à Jenny de les inviter de ma part au Théâtre Antoine où les représentations d'*Harold et Maude* viennent de débuter. Jenny suit mon conseil et les emmène dans ma loge après le spectacle. Ce sont des gens sympathiques, ils me confirment tout le bien qu'ils pensent de Jenny. Ils apprécient son dynamisme, son sens de l'organisation, et par-dessus tout sa loyauté. « Avec elle, disent-ils en chœur, c'est carré, on sait à quoi s'en tenir. C'est blanc ou c'est noir. » J'acquiesce sans réserve.

Tandis que Jenny discute avec l'homme, sa femme me prend à part. « Quel dommage qu'elle n'ait pas de petit copain ! » me confie-t-elle à voix basse. Je suis surprise. La question ne m'a jamais effleurée. Petit copain, petite copine, ni copain ni copine, cela regarde Jenny et je ne songerais pas à m'en mêler. Un instant troublée, je m'empresse de détourner la conversation.

Absorbée par son travail, sans cesse en déplacement, Jenny se rend moins souvent à Paris. Nos rencontres s'espacent. Je ne m'en plains pas, heureuse de la voir prendre son envol. Chaque mois, elle m'annonce fièrement son « chiffre », en progression par rapport au mois précédent et bien supérieur aux objectifs qui lui ont été fixés. Bien supérieur également aux résultats de ses collègues qui piétinent loin derrière. À ses dires, elle est abonnée au titre de *Best employee of the month.*

Je la félicite chaudement, comme je l'ai félicitée si souvent pour ses bons résultats scolaires.

*

Parmi les tâches que je m'étais fixées, lorsque, début 2012, j'ai entrepris de mettre de l'ordre dans mes affaires, l'une d'elles me tenait particulièrement à cœur. C'était la création d'un fonds de dotation Line Renaud-Loulou Gasté auquel, n'ayant pas d'héritiers, iraient mes biens après ma mort. J'envisageais trois types d'action.

En tout premier lieu, aider la recherche scientifique. Chacun connaît mon engagement dans la lutte contre le sida. Dans ce combat sans merci, j'ai appris à connaître le monde médical et à mesurer sa valeur. De nombreux chercheurs, de grands professeurs sont devenus mes amis. J'ai pour eux une admiration sans borne. Souvent méconnus, parfois décriés, ils méritent notre aide qui, pour les ignorants que nous sommes, passe essentiellement par un appui financier.

Le deuxième objectif, plus inattendu sans doute, concerne les chiens d'aveugles. Peu de gens savent qu'il y a 1 400 000 personnes malvoyantes en France, dont 80 000 aveugles, et seulement 1 500 chiens guides. C'est dire que les besoins sont énormes et les demandes non satisfaites en nombre croissant car, dans le même temps, le nombre de cas de cécité, en France comme partout ailleurs, progresse fortement. Ma mère, sur la fin de sa vie, a failli perdre totalement la vue. Ce qui explique que je sois particulièrement sensible à ce problème.

Nous sommes en 1997, un 1er mai. Je fais un séjour minceur à Brides-les-Bains. Maman m'a accompagnée. Elle occupe une chambre contiguë à la mienne, en rez-de-chaussée. Un après-midi, peu après le déjeuner, je me repose, étendue sur mon lit. Soudain j'entends des pas au-dehors. Par la porte-fenêtre, je vois ma mère qui progresse avec précaution, en tâtant les vitres pour se guider. Affolée, je me lève d'un bond.

« Maman, qu'est-ce que tu as ?

— Je n'y vois plus rien, c'est tout noir ! »

En effet, je me rends compte, tandis qu'elle me parle, qu'elle ne me voit pas, car elle fixe un point de la pièce opposé à l'endroit où je me trouve.

Je contacte le professeur Coscas à Créteil, il me donne le nom d'un confrère à l'hôpital Édouard-Herriot de Lyon. Nous parcourons en un temps record les deux cents kilomètres qui séparent Brides-les-Bains de cette ville. Hélas, l'ophtalmo consulté se déclare impuissant. Seul le professeur Coscas dispose d'un nouveau laser, le Yag, qui pourrait être efficace.

Comment nous avons regagné Paris, je ne m'en souviens plus. Coscas nous a reçues vers vingt-trois heures et a examiné ma mère immédiatement. « Pour l'œil droit, a-t-il conclu, je ne peux plus rien faire. Pour l'autre, je peux essayer. » L'opération dure à peine plus d'une seconde. « Ça y est, dit le professeur. Regardez votre fille, madame. » Ma mère tourne lentement la tête, me fixe et dit : « Tu as toujours tes beaux yeux bleus... » Et je m'aperçois qu'elle pleure.

Un œil est sauvé. Elle n'y verra plus jamais de l'autre.

Enfin, dernier but que je souhaite assigner au fonds de dotation, le soutien à des associations caritatives et principalement à l'une d'entre elles, le Secours populaire, dont j'ai été longtemps la marraine. Animé pour l'essentiel par des bénévoles de tous âges et de toutes conditions, sans tapage, modestement, le Secours populaire accomplit depuis toujours un travail formidable pour lutter contre la pauvreté et l'exclusion. L'aider à poursuivre son action me paraît essentiel.

Ces trois objectifs définis, restait à décider de la forme juridique appropriée pour ce fonds de dotation. Je pris conseil auprès de Pierre Bergé, des avocats planchèrent sur les statuts, j'organisai réunion sur réunion, on multiplia les expertises, rien n'avançait sinon à la vitesse d'un escargot en promenade digestive. À croire qu'en France, il est plus simple de recevoir que de donner.

Mais à supposer que ces efforts aboutissent, qui gérerait au quotidien l'organisme que je m'escrimais à mettre sur pied ? Comment être assurée que les choses seraient faites à ma façon, dans l'esprit qui avait été le mien, qu'au-delà de moi quelque chose subsisterait de ce qui avait donné un sens à ma vie ? Je ne voulais pas d'un administrateur recruté par un chasseur de têtes, quelqu'un qui ne m'aurait pas connue, qui ne saurait rien de moi, un simple gestionnaire, aussi diplômé soit-il.

L'idée s'est-elle insinuée en moi peu à peu ? M'est-elle venue tout à coup, comme une évidence qui m'aurait curieusement échappé jusque-là ? Je ne saurais le dire. Un jour, j'ai eu l'absolue certitude que je détenais sans m'en douter la solution : Jenny. Dix ans se sont écoulés depuis qu'elle est apparue dans ma loge, un soir de novembre, son gros dossier noir sous le bras. Je l'ai vue grandir – peut-être l'ai-je aidée à grandir –, son caractère s'est affirmé, l'adolescente introvertie a cédé la place à une jeune femme compétente et déterminée. Elle connaît ma vie, mes habitudes, mon entourage. Nous nous entendons parfaitement, je lui fais totalement confiance.

Tout se passe comme si, inconsciemment, durant toutes ces années, je l'avais préparée à tenir le rôle que je lui réserve : administrer le fonds de dotation Line Renaud-Loulou Gasté. Elle n'est pas encore tout à fait prête, mais je ne suis pas non plus tout à fait morte. Il lui reste du temps pour parfaire sa formation et acquérir l'expérience nécessaire. Nous allons y travailler ensemble.

Je lui fais part de mon projet, elle panique un peu – « Mais Line, est-ce que j'en serai capable ? » – puis se met à pleurer, larmes que j'attribue à la joie et à l'émotion mêlées et à propos desquelles je m'interroge aujourd'hui. Sur le moment, je la prends dans mes bras et la rassure. J'ai l'impression d'être soulagée d'un grand poids. Là-haut dans le ciel, les deux êtres qui me protègent, Loulou et maman, ont bien travaillé.

Alléluia !

*

Quelques semaines plus tard, peu avant l'été – cet été 2012 où tout a commencé –, Jenny m'avertit que la boîte d'informatique pour laquelle elle travaille va fermer. Ses patrons, les personnes qui sont venues me voir au Théâtre Antoine, ont brusquement décidé de prendre leur retraite. Ils comptaient sur leur fils pour prendre la succession, mais celui-ci n'a pas donné suite. Jenny se retrouve sur le carreau. Fin novembre, elle sera libre d'engagement.

J'y vois, là encore, un heureux présage. Jenny aura désormais tout loisir de venir travailler auprès de moi, poursuivant son apprentissage et s'exerçant aux responsabilités auxquelles je la destine.

Alléluia *bis*.

Concernant les raisons qui ont amené Jenny à quitter son job, le Dr Bertrand, ce proche parmi mes proches dont il sera souvent question par la suite, détient une version bien différente de la mienne.

Jenny lui aurait confié que son patron entretenait une liaison avec l'une de ses employées. Alors qu'il avait expressément promis à Jenny un poste plus intéressant et mieux rétribué, il l'aurait finalement accordé à sa maîtresse, par ailleurs jalouse de Jenny. Révoltée par cette injustice, celle-ci aurait aussitôt donné sa démission.

L'emploi du conditionnel ne signifie pas que je mette en doute la parole de Patrick Bertrand. Il souligne qu'il n'est pas possible de déterminer quelle est la bonne version : celle que Jenny m'a donnée (fermeture de la boîte), ou celle qu'elle a fournie à Patrick (la copine du patron lui soufflant le poste qu'elle convoitait).

Le plus surprenant est que je n'ai rien su de ces discordances avant d'interroger Patrick, il y a seulement quelques mois. De même que je n'ai absolument rien deviné des doutes, des interrogations et parfois des craintes suscitées par Jenny parmi mes proches. Puis-je leur en vouloir ? Ils ont péché par excès de confiance, ils se sont dit : « Line sait ce qu'elle fait. » Comme les passagers d'un bateau qui, voyant venir la tempête, s'en remettent au capitaine pour la surmonter.

De tous les mystères que recèle cette étrange affaire, celui-ci n'est pas le moindre.

Chapitre quatre

Tu sais qu'elle est très riche ?

Il fait un peu frais sur la terrasse ce soir du 28 août. Nous avons allumé l'un des deux parasols chauffants au-dessus de la table et continuons à bavarder longtemps après avoir fini de dîner. L'air embaume, la ville scintille au loin, nos voix résonnent dans la nuit, nous ne gênons personne, les habitations voisines sont à bonne distance. C'est un dîner de copains, comme je les aime. Rien de formel, le simple plaisir de se retrouver, sans contrainte et sans horaire, puisque Paris vit encore au ralenti. On rit beaucoup, on dit parfois quelques méchancetés, auxquelles l'humour ôte toute cruauté.

D'ordinaire, Jenny ne se mêle pas, ou très peu, à la conversation. Elle reste en marge, à la fois attentive et lointaine, fixant chacun de ses grands yeux noirs. Si on l'interroge ou qu'on sollicite son avis, elle répond brièvement, puis se réfugie bien vite dans un silence prudent.

Pourtant, lorsque nous nous retrouvons en tête à tête, il n'est pas rare qu'elle revienne pour les commenter sur les propos tenus en sa présence et je peux vérifier que rien ne lui a échappé. Je ne suis pas choquée par son attitude, que je juge au contraire raisonnable. J'apprécie qu'elle ne cherche pas à s'imposer à tout prix, quitte à paraître effacée. J'y vois la preuve d'un caractère solide, capable de résister à l'attrait factice d'un milieu déstabilisant. Toutes choses qui me confortent dans mes plans à son sujet.

Je ne sais à quel moment je prends conscience, ce soir-là, d'un changement dans son comportement. Quelquefois, les métamorphoses les plus évidentes passent inaperçues. Ainsi lorsqu'on ne s'aperçoit pas qu'un ami qui portait la barbe depuis toujours a subitement le visage lisse comme des fesses de bébé. « Tu n'as vraiment rien remarqué ? » finit-il par lâcher, un peu déçu. De la même manière, je mets un certain temps à me rendre compte que Jenny, assise à l'opposé de la table, bavarde et plaisante sans contrainte avec ses voisins. Une digue s'est rompue, une entrave a cédé, elle paraît libérée comme par miracle de cette gêne qui l'oppresse depuis toujours.

À mieux l'observer, je note qu'elle a mis un soupçon de rouge à lèvres et ombré ses paupières. Je constate aussi qu'elle porte une blouse colorée que je ne lui connaissais pas et qui lui va très bien. Et je me dis que la révolution à laquelle j'assiste, c'est la disparition des dernières traces d'enfance, les joues lavées à l'eau et au savon, le noir, le bleu marine, aussi bien que la timidité paralysante et le silence obstiné.

Je me félicite de ces changements et ne songe pas une seconde à les mettre en rapport avec la phrase que Jenny a prononcée dans la piscine, quelques heures plus tôt : « Et moi, j'appelle ma banquière ! » Phrase à laquelle je n'ai pas attribué d'importance particulière et que j'ai presque oubliée.

Le temps s'écoule lentement, soudain quelqu'un s'écrie : « Mon Dieu, déjà deux heures ! » Nous nous séparons à regret. Les portières claquent, le bruit des voitures qui descendent la côte s'estompe peu à peu. Nous restons un instant silencieuses, Annie, Jenny et moi. Il y a toujours un peu de tristesse à la fin d'une soirée d'été. Comme s'il ne devait plus jamais y en avoir d'aussi belle.

Puis nous montons nous coucher, non sans nous fixer rendez-vous le lendemain matin, Jenny et moi, pas trop tôt toutefois. Le courrier des fans, éternelle préoccupation, nous attend.

*

Quelle que soit l'heure, lorsqu'elle séjourne à La Jonchère, Annie, avant de se coucher, vient s'asseoir sur le bord de mon lit et nous causons de choses et d'autres jusqu'à ce que le sommeil daigne nous visiter, ce qui, dans mon cas, somnifère ou pas, se produit rarement avant les petites heures du jour. Comment pourrait-il en être autrement, alors que toute ma vie je me suis couchée tard, parfois très tard, comme à Las Vegas, lorsque, après la deuxième représentation, vers deux heures du matin, nous nous retrouvions, Sinatra, Dean Martin, Mitzi Gaynor, Louis Prima et d'autres, au *lounge* du Sands Hotel, bien incapables d'aller sagement au lit alors que nous étions encore sous le coup du mélange de peur animale et de folle excitation qu'engendre la scène ? Mon horloge biologique est définitivement réglée ainsi, je vis à contretemps, m'endormant à cinq heures du matin et prenant mon petit déjeuner quand d'autres attaquent leur repas de midi.

Nous bavardons depuis un moment, Annie et moi. Je me sens gagnée par une douce somnolence quand soudain je perçois confusément une phrase dont je ne sais pas très bien si Annie l'a vraiment prononcée ou si elle est issue d'un rêve.

« Tu sais que Jenny est extrêmement riche ? »

Tu sais qu'elle est très riche ?

Jenny, riche ? Qu'est-ce que c'est que cette histoire ?

« Tu rigoles ! dis-je d'une voix embrumée.

— Pas du tout. Elle a beaucoup d'argent. Elle est prête à acheter La Jonchère en viager. »

Difficile de penser qu'elle me fait une blague. Lorsqu'il s'agit d'argent, Annie ne plaisante pas.

Assise sur mon lit, Annie me raconte qu'après mon départ de la piscine, en fin d'après-midi, elle a interrogé Jenny. Celle-ci lui a expliqué que son père, à sa mort, avait laissé deux cents millions d'euros après règlement des frais de succession. Cent millions étaient allés à sa femme – sa troisième épouse – et cent millions avaient été répartis à part égale entre Jenny et son demi-frère. Jenny disposait donc bel et bien d'un capital de cinquante millions et sa proposition d'acheter La Jonchère n'avait, selon Annie, rien d'extravagant.

Je m'exclame malgré moi : « Incroyable ! »

Je trouve cette révélation soudaine inouïe, comme un coup de théâtre habilement ménagé, juste avant que le rideau tombe, à la fin du deuxième acte, dans une comédie de boulevard. Brusquement, tout s'ordonne comme par miracle, le choix que j'ai fait de Jenny semble ratifié par le destin. La Jonchère, loin de tomber entre des mains anonymes et forcément sacrilèges, sera, grâce à elle, préservée jusqu'au moindre détail, chaque meuble, chaque objet restera à sa place et Loulou, maman et moi pourrons tranquillement venir nous y promener, comme les morts aiment à le faire, sans crainte d'être dérangés dans nos petites habitudes.

Pas un instant cette nuit-là, non pas un seul, je n'ai suspecté la réalité de cet héritage et la capacité de Jenny à acheter La Jonchère. Le fait que ce soit Annie, excellente femme d'affaires, qui m'ait rapporté les propos de Jenny sans les contester a contribué à leur donner du crédit, à les authentifier, en quelque sorte.

Plus tard, lorsque je lui ai demandé pourquoi elle ne m'avait pas mise en garde, elle m'a répondu :

« Mais voyons, Line, parce que je pensais que tu prendrais toutes les garanties nécessaires, que tu appellerais sa mère, son travail, la banque. C'est comme ça que j'aurais agi à ta place. J'aurais payé un détective pour faire un *background check.*

— Un *background check* ? Mais jamais tu ne m'as parlé d'une chose pareille !

— Je te le répète. Parce que je pensais que tu le ferais sans que j'aie besoin de t'en parler. »

Elle me dit aussi que lorsque je l'ai appelée aux États-Unis, quelques semaines plus tard, en lui annonçant : « Est-ce que tu es assise ? Jenny va signer l'achat en viager de La Jonchère », elle a eu le plus grand mal à le croire. Mais cette fois encore, elle ne m'en a rien dit.

« J'étais si contente pour toi… »

*

Incapable de me rendormir après qu'Annie eut regagné sa chambre, me tournant et me retournant dans mon lit, j'attends avec impatience mon rendez-vous matinal avec Jenny et regrette d'en avoir retardé l'heure. Vers huit heures, ne parvenant pas à rester en place plus longtemps, je me lève et descends dans la cuisine où Marie-Annick, encore en robe de chambre, me voit débarquer avec stupeur.

« Mais, madame, qu'est-ce qui vous arrive ? »

Elle me sert mon petit déjeuner dans la cour ensoleillée que nous avons baptisée il y a quelques mois, au cours d'une joyeuse cérémonie, « Place Loulou Gasté ». Mes trois chiens, enchantés de l'aubaine, se pressent autour de moi. Speedou, le vétéran, dix-sept ans, sourd et quasi aveugle, jouit de sa place incontestée de favori. L'autre jour, nous l'avons repêché de justesse dans la piscine où, incapable de se repérer, il était tombé par mégarde.

Je m'attarde un peu, discute avec Marie-Annick du programme de la journée, des repas à prévoir, des courses à faire. Visiblement, mon comportement, tout à fait inhabituel à cette heure de la journée, l'inquiète.

« Ça va bien, madame ?

— Mais oui, très bien, pourquoi ? »

Finalement, je remonte dans ma chambre, Speedou sur mes talons, et m'étends sur le lit. Speedou se love contre moi. Je m'endors, épuisée. Il fait de même, fou de bonheur.

Deux heures plus tard, je suis réveillée par des coups discrets frappés à la porte. Une voix m'appelle : « Line ! Line ! » C'est Jenny, surprise de ne pas me voir. Sans doute Marie-Annick a-t-elle dû lui dire que je n'avais pas « l'air dans mon assiette » et elle s'est inquiétée à son tour.

« Je me suis installée sur la terrasse. Ça vous convient ?

— Parfait. »

Quelques instants plus tard, je la rejoins. Elle est sagement assise, prête à travailler, les piles de courrier étalées devant elle, déjà classées. Marie-Annick m'apporte le café que je lui ai demandé en passant. Jenny, elle, n'en boit jamais, mais garde toujours une bouteille d'eau à portée de main.

« Par quoi on commence ? demande-t-elle gaiement.

— Attends, dis-je. D'abord, j'ai une question à te poser. »

Une ombre passe sur son visage.

« Une question ?

— Pourquoi m'as-tu caché que tu étais riche ? »

À peine ai-je prononcé ces mots que je les regrette. Demande-t-on à quelqu'un s'il est riche ou s'il est pauvre ? Peut-on lui reprocher de rester discret à ce sujet ? Je suis sur le point de m'excuser, quand Jenny me devance.

« Mais Line, dit-elle, vous le saviez.

— Moi, je le savais ?

— Bien sûr. Je vous ai montré les magasins.

— Quels magasins ?

— Les magasins de mon père. Je vous ai expliqué qu'il en avait huit dans Paris. Vous ne vous rappelez pas ? Boulevard de Sébastopol, avenue des Ternes, rue de Rennes… »

Mais oui, je m'en souviens à présent ! Plusieurs fois, alors que nous circulions ensemble en voiture, elle m'avait désigné des boutiques à l'enseigne d'une grande marque de prêt-à-porter. « C'est le premier magasin de mon père », m'avait-elle dit en passant à l'angle du boulevard de Sébastopol et de la rue de Rivoli, alors que nous nous rendions au Théâtre Antoine où je jouais *Harold et Maude.* Et avenue des Ternes : « Ça, c'est le magasin qu'il a ouvert un an après celui de la rue de Rivoli. »

Toute l'histoire me revient soudain à l'esprit, conservée dans ses plus infimes détails et pourtant occultée, comme un document soigneusement rangé au fond d'un tiroir et dont on finit par oublier la présence.

La première épouse du père de Jenny était la sœur du fondateur de cette marque célèbre dans les années 80. Par son intermédiaire, il avait acquis huit magasins en franchise, magasins qu'il avait revendus fort cher quelques années plus tard. Tout cela, Jenny me l'avait expliqué, de même qu'elle avait évoqué la somptueuse propriété, dans les environs de Rennes, où elle avait passé ses premières années, servie par une nombreuse domesticité. Mais curieusement, je n'avais pas relié ces informations avec la vie présente de Jenny, comme s'il s'agissait d'existences distinctes et si différentes qu'il ne pouvait y avoir de relation entre les deux, l'une excluant l'autre.

Au fond, j'étais restée sur ma première impression, lorsque la porte de ma loge, dix ans plus tôt, s'était ouverte sur Jenny et sa maman, la fille avec son imperméable beige et son pull bleu marine, la mère dans ses vêtements un peu tristes. Des personnes modestes, de celles dont on suppose qu'elles ont du mal à joindre les deux bouts. Des gens comme il y en a des millions, typiques de ce monde dont je suis toujours proche parce que j'en suis issue. Par la suite, tout ce que j'ai appris de Jenny – ses études payées par son papy qu'elle adorait, l'appartement acheté grâce à un prêt étudiant, et jusqu'à son emploi, plutôt mal rémunéré – ne me prédisposait pas à envisager le deuxième versant de sa vie, riche et favorisée.

Jenny en convient d'autant mieux qu'elle a elle-même conscience de cette coupure et en ressent parfois la singularité. En même temps, me dit-elle, elle l'entretient. Cette somme énorme déposée sur son compte à la mort de son père, alors qu'elle n'avait que treize ans, elle n'a pas pu en disposer avant sa majorité. Et même alors, en plein accord avec sa mère, elle a refusé d'y toucher. Pourquoi changer quelque chose à l'existence qu'elles menaient toutes les deux, besogneuse, parfois difficile, sans doute un peu étriquée, mais à laquelle elles étaient habituées et qui, finalement, leur convenait ? Vivant dans un rapport fusionnel, veillant l'une sur l'autre, elles se sentaient riches de valeurs auxquelles l'argent n'avait nulle part. Puiser dans ce capital tentateur qui dormait à la banque, c'était ouvrir la porte à toutes les facilités, à tous les renoncements. Jenny est persuadée qu'elle n'aurait jamais eu la volonté de mener à bien ses études si elle y avait cédé.

Une autre raison, plus sérieuse encore, avait conduit à ce renoncement provisoire. Je savais que les parents de Jenny s'étaient séparés après seulement trois ans de vie commune. Mais j'ignorais, Jenny me l'a dit ce jour-là, que son père était un homme colérique et violent. C'est à la suite d'une scène d'une rare brutalité que sa mère avait quitté définitivement le domicile conjugal, emmenant leur fille avec elle.

D'une certaine façon, Jenny considérait que les cinquante millions dont elle avait hérité étaient un tribut payé aux souffrances endurées par sa mère. Cet argent avait une valeur qui dépassait de beaucoup la somme en elle-même, quel que soit le nombre de zéros qu'elle comportait. Il n'était pas question de le dilapider en dépenses futiles. Il fallait qu'il soit purifié, régénéré par l'utilisation qui en serait faite.

Acheter La Jonchère, me permettre d'y vivre, y installer à terme la fondation que je souhaitais créer, s'inscrivait dans cette perspective. Jenny en avait eu la brusque certitude alors qu'elle nageait, en nous entendant discuter Annie et moi. D'où sa proposition.

Voilà ce que Jenny m'a dit ce matin-là, voilà les paroles auxquelles j'ai cru, qui m'ont émue, convaincue. À nouveau, je me suis félicitée de mon choix et j'ai remercié la providence qui l'avait mise sur ma route.

En écrivant cela, je me dis que mes lecteurs – mon public – vont me trouver bien légère. Un lecteur est toujours plus malin que celui qui écrit, il sait, lui, ou il pressent comment les choses vont tourner, il a lu le petit résumé en quatrième de couverture, il a entendu des interviews. Bref, il est averti, il sait à quoi s'attendre, il peut parer les coups.

Ce n'était pas mon cas, loin s'en faut.

Oui, j'y ai cru et d'autres avec moi, certains bien plus longtemps que moi, calmant mes doutes et contribuant, en toute bonne foi, à assoupir ma vigilance. Lorsque toute cette affaire – si douloureuse, si déconcertante – a été terminée, je n'ai plus voulu en entendre parler. Le sentiment d'avoir été trompée ne donne pas envie de s'appesantir, le sentiment d'avoir été naïve n'est pas de ceux dont on se vante.

Mais n'y a-t-il pas, dans cette histoire, quelque chose qui mérite qu'on s'y attarde ? Un enseignement à tirer, peut-être même un peu de beauté à préserver ? À tout le moins, ne mérite-t-elle pas d'être racontée ? Tous ceux qui ont vécu ces événements avec moi – qui se sont trompés ou qui ont été trompés avec moi – ont quelque chose à en dire, quelque chose qui n'est pas passé, qui ne veut pas passer. Le traumatisme a été si profond, le choc si brutal que nul d'entre nous n'a oublié ces quelques mois. Chacun en a sa vision, chacun en tire ses propres conclusions.

J'ai interrogé les uns et les autres, Marie-Annick, Jacinthe, David, le Dr Bertrand,

Sandra, Annie. C'est de leurs témoignages autant que de mes souvenirs qu'est né ce récit.

Au fait, ai-je donné le nom de famille de Jenny ? Elle s'appelle Lange. Jennifer Lange.

Comment ne pas y voir un clin d'œil du destin ?

*

Loulou professait que les artistes, s'ils sont malades, doivent le cacher. Il disait : « Les problèmes techniques n'intéressent pas le public. »

Des problèmes techniques, j'en ai eu pas mal, durant cette période, et maintenant qu'ils sont derrière moi et que le moteur, entièrement révisé et bien entretenu, fonctionne à nouveau parfaitement, pourquoi ne pas en parler ? D'autant que ces difficultés, j'en suis persuadée, expliquent pour une part le manque de prudence, pour ne pas dire la crédulité, dont j'ai fait preuve et qui peut surprendre. J'étais fragilisée, en situation de moindre résistance, une proie facile, en somme.

Soumise depuis mon adolescence à l'impitoyable discipline du spectacle, je ne peux envisager de m'arrêter un seul jour, une seule minute, quelles que soient les circonstances. Chacun connaît la formule : *The show must go on*, peu savent à quel point elle est respectée, au point de devenir, pour nous autres, artistes, une règle intangible. Or, pour la première fois en soixante-dix ans de carrière, je suis contrainte, cet été-là, d'annuler un tournage.

Je souffre terriblement d'un genou, au point, certains jours, de ne plus pouvoir marcher. David, mon chauffeur, qui a une force de taureau, et Luis, le mari de Jacinthe, autre costaud, s'unissent pour me descendre, assise dans un fauteuil, à l'heure des repas. Les infiltrations sont devenues inefficaces, d'ailleurs on ne peut pas les multiplier. Il est question d'une opération, mais les spécialistes consultés ne sont pas d'accord entre eux. Certains la préconisent, d'autres doutent de son efficacité, quelques-uns la déconseillent formellement.

Plusieurs mois auparavant, j'ai signé pour tenir le rôle principal au côté de Fanny Cottençon dans une série télévisée, *Le Bal des secrets.* Le tournage des six épisodes de cinquante-deux minutes doit commencer le 8 octobre en Touraine. L'équipe est déjà en préparation. Nicole Collet, la productrice, m'a avertie que pour des raisons de réductions budgétaires, le tournage serait « sportif » – c'est l'expression qu'elle utilise au téléphone, accompagnée d'un grand éclat de rire. Inutile de dire que je ne partage pas son entrain. *Sportif,* cela signifie un temps de tournage réduit, des journées écrasantes, courir d'un décor à l'autre, les temps de récupération réduits au minimum. Fin janvier je dois partir en tournée avec *Harold et Maude.* À supposer que j'arrive, par je ne sais quel miracle, à tenir mon rôle dans la série, je doute que je parvienne à enchaîner avec la pièce qui, du fait de sa mise en scène, exige de ma part un gros effort physique. Respecter mes engagements d'un côté, c'est les compromettre de l'autre. La mort dans l'âme, je me résous à appeler Nicole Collet pour déclarer forfait. C'est finalement Macha Méril qui rejoindra Fanny Cottençon sur le plateau du *Bal des secrets.*

Je suis soulagée et mécontente à la fois. Non seulement c'est un échec personnel – c'est du moins ainsi que je le ressens –, mais c'est un faux pas qui risque de me coûter cher. Dans ce métier qui dispose d'une solide tradition de médisance, le bruit va se répandre que je ne suis plus fiable, que ma santé décline voire pire, bref qu'il est grand temps que je raccroche les gants. Ce n'est vraiment pas le moment de s'encombrer de ce genre de réputation. À mon âge, les rôles se font plus rares, tout simplement parce que les emplois sont moins nombreux. Une vieille dame ne peut jouer qu'une vieille dame. « C'est curieux, me disait Danielle Darrieux, avec l'humour léger qui la caractérise, depuis quelque temps, je meurs dans tous mes films ! » Il est vrai qu'elle est de onze ans mon aînée, mais mon tour viendra de jouer les défuntes.

Si j'ai renoncé, bien à contrecœur, au *Bal des secrets,* c'est sans doute à cause de mon genou, mais aussi d'un souci de santé plus préoccupant et bien plus ancien, puisque j'en ai ressenti pour la première fois les effets douze ans plus tôt.

22 juin 2000. Je visite un hôpital pour enfants déshérités, dans la région parisienne. Soudain je suis prise de violents maux de ventre, du côté gauche. Je m'allonge un instant, un médecin m'examine, on me donne un calmant. Sitôt rentrée à Paris, je consulte le Dr Bertrand qui me fait hospitaliser à Saint-Antoine. Je subis quatre jours d'examens, l'inflammation s'atténue, je rentre à La Jonchère. Pourtant, rien n'est réglé. Je sais que dans les années qui viennent, un tel incident se reproduira, plus grave, et que d'autres suivront, à intervalles de plus en plus rapprochés.

Durant l'automne 2012, je ressens des douleurs fréquentes, je sens qu'une crise se prépare dont j'aurai durement à souffrir et qui, bien sûr, tombera au plus mal, c'est-à-dire au moment précis où j'aurai besoin de toutes mes capacités.

C'est exactement ce qui se produit. La tournée d'*Harold et Maude* est un supplice et doit être interrompue le samedi 6 avril au Mans. Le 7, je suis transportée à la Salpêtrière, dans le service du professeur Hannoun. J'en sortirai le 16 mai. Entre ces deux dates, j'ai failli – et parfois souhaité – mourir.

Que j'aie pu, avant d'être contrainte d'abandonner la partie, donner plus de trente représentations, dans vingt-cinq villes différentes, tient du miracle. Car jouer une pièce en tournée, ce n'est pas seulement entrer en scène à vingt heures trente, en ressortir deux heures plus tard et rentrer chez soi, ce sont aussi les voyages, défaire sa valise, refaire sa valise, répondre aux journalistes, donner des interviews aux radios et aux télévisions locales, se montrer aimable et disponible avec le public, faire preuve d'esprit d'équipe, ne pas saper le moral de ses camarades, comédiens ou techniciens, qui n'ont aucune raison de pâtir de vos soucis personnels. Nécessités qui, dans des circonstances normales, n'ont jamais constitué des contraintes pour moi, mais des occasions de plaisirs, de fous rires, de joyeux dîners et de causettes interminables dans la chambre des uns ou des autres. Mais c'est une autre paire de manches lorsque la douleur vous tenaille et qu'on se demande, avant chaque représentation, si une crise plus forte que les autres ne va pas contraindre le régisseur à baisser le rideau au beau milieu du spectacle.

Fort heureusement, nous bénéficions, nous autres comédiens, de ce fabuleux miracle qui fait qu'à peine entrés en scène, notre vie personnelle, soucis, chagrins, misère physique, est comme effacée. Au Havre, à Lyon, à Genève, le public m'a applaudi debout, des spectateurs m'ont offert des fleurs ou des petits mots d'amitié, sans se douter qu'aussitôt prononcés mes derniers mots : « C'est merveilleux, Harold. Aime encore. Et encore. Aime. », les terribles douleurs, disparues comme par enchantement le temps du spectacle, m'avaient assaillie de nouveau.

En même temps que je faisais face à ce défi quotidien, je devais, à chaque retour à Paris, me préoccuper d'un dossier qui, après des débuts prometteurs, paraissait s'enliser inexplicablement. Je veux parler de la vente de La Jonchère.

Mais n'allons pas trop vite. Nous sommes encore fin septembre, à quelques jours de cette rentrée que j'attends avec impatience. Jenny, sur la terrasse, m'explique en termes simples le mécanisme du viager – ce que d'autres avant elle se sont efforcés de faire sans grand succès. Soudain tout ce qui me paraissait terriblement embrouillé me semble clair et presque facile. Je suis ébahie par ses compétences. Rien d'étonnant, me dit-elle, elle a précisément acheté en viager son petit appartement à Rennes. La coïncidence, loin de me troubler, me ravit. J'y vois un signe favorable. Un de plus.

Jenny ne me dissimule pas qu'il faudra faire preuve de patience. Son argent est placé, elle doit envisager avec sa banque selon quelles modalités et quelles échéances elle pourra disposer des fonds nécessaires.

De plus, avant de pouvoir vendre, m'apprend-elle, il faudra procéder à toute une série de diagnostics qu'elle m'énumère : les performances énergétiques, le plomb, l'amiante, l'assainissement et Dieu sait quoi encore. Je suis affolée : qui va s'occuper de tout ça ? Elle me rassure : elle, bien sûr. Elle sait comment s'y prendre, le maquis administratif ne l'effraie pas.

Autre difficulté, La Jonchère est faite de parcelles raboutées patiemment au fur et à mesure que l'occasion s'en présentait – et qu'une entrée d'argent nous le permettait. Le vieux notaire de Marly-le-Roi, qui a établi les actes et que nous aimions beaucoup, Loulou et moi, est mort sans successeur dans les années 80. Comment récupérer les titres de propriété dont j'ai pour la plupart perdu la trace ?

« Vous avez bien un autre notaire ? » me demande Jenny. Non, je n'en ai pas. Ou peut-être si, mais je n'ai pas eu affaire à lui depuis des années, j'ignore s'il exerce encore et de surcroît, je n'en garde pas le meilleur souvenir.

« Il vous faut un notaire, insiste Jenny. C'est la première chose à régler. »

Je promets de m'en occuper.

Marie-Annick m'apporte un second café, le soleil commence à taper fort, elle déploie le store.

Jenny et moi nous mettons au courrier des fans.

Malgré l'absence de sommeil, je me sens fraîche et apaisée. En quelques instants, Jenny est parvenue à donner vie à un projet qui n'avait aucune existence la veille à la même heure.

Oui, sans doute, examinées séparément, chaque pièce de l'engrenage aurait pu m'inciter à la méfiance. Mais leur enchaînement tenait de la mécanique de précision. Je m'y suis laissé prendre avec les conséquences que l'on verra.

Chapitre cinq

Miss Helen

Marie-Annick est arrivée à La Jonchère le 2 novembre 2002. Date on ne peut plus propice, si l'on se souvient que le deux était le chiffre porte-bonheur de ma mère. Pourtant, lorsque je lui ai ouvert ma porte, ce jour-là, j'ai découvert une femme en pleurs. La veille, Muriel Robin m'avait appelée.

« Tu te souviens de Marie-Annick ?

— Oui, pourquoi ?

— Peux-tu la recevoir ? Elle a de gros ennuis. »

J'avais connu Marie-Annick à l'occasion de week-ends dans la propriété de Muriel, à une cinquantaine de kilomètres de Paris. Elle y était employée et s'occupait également de la maison de Pierre Palmade, située dans les environs. Infatigable, toujours souriante, elle préparait à manger pour des tablées de vingt ou trente personnes sans jamais se départir de sa bonne humeur. Maman l'appréciait beaucoup. Plutôt que de s'ennuyer avec nous, j'ai su plus tard qu'elle la rejoignait dans la cuisine et lui aurait bien donné un coup de main si Marie-Annick ne s'y était catégoriquement opposée. Les deux femmes avaient de longues conversations et tombaient d'accord sur la plupart des sujets, si bien qu'il arrive encore à Marie-Annick de citer comme parole d'évangile certains préceptes de ma mère : « Allons, Madame, c'est du passé. Comme disait votre maman, il faut toujours regarder devant soi. » Cela ne m'étonnerait pas que maman, de son côté, ait repris à son compte quelques formules de Marie-Annick, sans forcément citer ses sources.

Loulou et moi avons eu une chance extraordinaire. Pendant trente ans, le même couple, Marcelle et Fernand, des gens magnifiques, a pris en main ce grand vaisseau qu'est La Jonchère et l'a maintenu à flots que nous soyons là tous les deux, ou bien voyageant à l'autre bout du monde, ou encore pendant les longues années que j'ai passées à Las Vegas, Loulou restant seul à Paris.

À la mort de Fernand, Marcelle a souhaité se retirer dans sa famille. Six mois plus tard, elle était de retour. « J'ai plus de souvenirs chez vous, avec Fernand, que je n'en ai chez moi. » Elle a vécu auprès de moi sept années supplémentaires.

Comment remplacer des êtres aussi exceptionnels ? J'ai longtemps cherché sans y parvenir, allant de déception en déception.

Un an peut-être avant ce 2 novembre, Muriel m'ayant dit que Marie-Annick et son mari souhaitaient changer de vie, je les ai fait venir à Paris pour un entretien. Ça n'a pas collé. Non pas que l'un ou l'autre m'ait fait mauvaise impression. Ce sont plutôt les deux ensemble qui m'ont laissée dubitative. Nous en sommes restés là.

Mais justement, Marie-Annick vient de quitter son mari dans des circonstances douloureuses. Elle est partie avec deux valises et se demande où elle va les poser. Je la prends à l'essai. Quatorze ans plus tard, elle est encore là.

Un autre grand blessé de la vie a échoué ici quelques mois plus tôt. Lui n'avait même pas de valise. Tout ce qu'il possédait, il le portait sur lui. Il fait les courses, un peu de cuisine, s'occupe du jardin. Il se remet doucement en selle, un jour ça va, le lendemain un peu moins bien. Je ne le brusque pas. Il s'appelle Jacques, c'est un ancien sommelier du Fouquet's. Je ne raconterai pas son parcours, il lui appartient. Disons qu'il a eu des malheurs.

Voilà donc Marie-Annick et Jacques, légèrement vacillants l'un et l'autre, aux commandes du bateau, et moi surveillant la navigation.

Un matin, Jacques, dont c'est l'une des tâches, m'apporte mon petit déjeuner dans ma chambre. Tout en tirant les rideaux, il me dit : « Vous savez, madame, j'ai bien réfléchi, c'est un couple qu'il vous faut pour s'occuper de La Jonchère. »

Je suis un peu surprise.

« Mais voyons, Jacques, vous savez bien que nous avons toujours eu un couple, ici. Encore faut-il le trouver.

— Eh bien, madame, j'en ai un pour vous.

— Vous avez un couple pour moi ?

— Oui, madame.

— C'est qui ?

— Marie-Annick et moi. »

Je manque m'étrangler avec ma gorgée de thé. Et tout ce que je trouve à répondre, comme une idiote, c'est :

« Elle est au courant ? »

Elle était parfaitement au courant et même, selon toute vraisemblance, la première avertie. Marie-Annick et Jacques vivent ensemble depuis et viennent d'officialiser leur couple en faisant un grand et beau mariage en présence de leurs enfants respectifs et de leurs amis, dont je suis.

Au moment où Marie-Annick débarque à La Jonchère avec ses deux valises, je joue *Poste restante* au Théâtre du Palais-Royal. Le 2 est un samedi, c'est peut-être le lendemain ou le dimanche suivant que Jenny et sa maman me rendent visite dans ma loge. Ce qui fait de Marie-Annick un témoin précieux. Elle connaît Jenny depuis les toutes premières fois où elle est venue à La Jonchère – et je note que malgré les années, elle en parle encore comme d'une gosse, d'une gamine. Par la suite, elle a suivi de bout en bout ce qu'on pourrait appeler son ascension et sa chute.

La faire parler n'est pas facile. Elle assure qu'elle n'a rien à raconter. Il s'en faut de peu qu'elle ne m'oppose la maxime de maman : « Allons, Madame, c'est du passé. Il faut regarder devant soi. »

J'insiste. Elle finit par céder.

« Qu'est-ce que vous voulez que je vous dise ? Vous l'avez connue comme moi.

— Bien sûr, je l'ai connue. Mais vous, qu'est-ce que vous en pensiez ?

— C'était une gamine très gentille, très réservée. On avait du mal à avoir une conversation avec elle. La seule chose qui l'intéressait, c'était vous. Ce que vous faisiez, ce que vous pensiez, ce que vous aimiez, ainsi de suite. À table, elle essayait toujours de se placer à côté de vous. Lorsqu'elle vous regardait, ses yeux brillaient, on voyait qu'elle était pleine d'émotion.

— Et puis ?

— Les premiers temps, elle venait à La Jonchère pour une heure ou deux. Elle prenait le RER, puis l'autobus et montait la côte à pied. Lorsqu'il faisait nuit ou qu'il pleuvait, Jacques la raccompagnait en voiture jusqu'à la gare de Rueil. C'est nous qui lui proposions, elle aurait jamais osé demander. Après, mais ça, c'était bien plus tard, elle a commencé à venir dormir à La Jonchère, quelquefois elle y passait tout un week-end. Bon, là, j'ai compris qu'elle était... »

Elle laisse sa phrase en suspens.

« Qu'elle était quoi ?

— À part.

— À part ? Qu'est-ce que vous voulez dire ?

— C'était pas une fan comme les autres. Vous vous étiez attachée à elle.

— Et vous avez pensé que j'avais tort ?

— Je n'avais pas à juger, Madame ! proteste Marie-Annick. Si Madame voulait recevoir Jenny, s'était bien son droit ! »

Quand elle est contrariée, Marie-Annick devient soudain très protocolaire. Je ne suis plus Line, je redeviens Madame avec toutes les précautions et tous les privilèges qui s'attachent à ce titre. Je laisse passer l'orage. Au bout d'un instant, Marie-Annick reprend : « Je crois qu'elle vous aimait », dit-elle. Je la regarde sans comprendre.

« Qu'elle vous aimait d'amour. Qu'elle était amoureuse de vous, précise-t-elle. Rappelez-vous les petits mots qu'elle laissait le soir sur votre lit : *Je vous aime, je vous aime, je vous aime...* »

C'est exact. J'avais presque oublié ces billets enflammés que je trouvais sur mes oreillers, ou dans mon agenda, à la page du jour. Déclarations auxquelles je n'attachais aucune signification, habituée que j'étais au langage excessif des fans.

Je le dis à Marie-Annick et je cite à l'appui la lettre que viennent de m'adresser, pour mon anniversaire, mes plus vieux fans, Christiane et Michel Duperrier. Ils se sont connus à seize ans dans mon premier fan-club, et en ont aujourd'hui plus de quatre-vingts. Leur lettre dit : « Avec une infinie tendresse, bon anniversaire, Line chérie. Mille bisous. Nous vous aimons, Christiane et Michel. »

Marie-Annick s'autorise un petit haussement d'épaules. Pour elle, ça n'a rien à voir. Difficile de lui donner tort.

« Jenny était amoureuse de vous. J'en suis sûre », répète-t-elle convaincue.

Parmi toutes les hypothèses, qui peut dire que la sienne n'est pas la bonne ?

Je change de sujet et lui demande si elle n'a pas noté autre chose, des bizarreries, des contradictions qu'elle aurait constatées et dont elle n'a pas tenu compte sur le moment. Elle réfléchit.

« Oui, me dit-elle. Au moins deux choses. D'abord, elle était très méfiante. Par exemple, elle posait toujours son téléphone portable à l'envers sur la table, pour qu'on ne puisse pas voir qui l'appelait quand l'appareil sonnait. Et s'il y avait quelqu'un dans la pièce, elle ne répondait jamais. Jacinthe et moi, ça nous faisait rire, on lui disait : "Si tu veux, on sort." Et elle répondait : "C'est pas grave, je rappellerai."

— Ça, c'est une chose. Et la seconde ?

— C'est quand vous m'avez dit qu'elle était riche et qu'elle allait acheter La Jonchère. Je me suis dit, pour quelqu'un de riche, c'est tout de même curieux, elle n'a qu'un seul manteau et elle ne porte aucune marque.

— Aucune marque ?

— Oui, des marques connues, un peu chères. Tenez, par exemple, excusez le détail, mais ses sous-vêtements, c'était du Miss Helen. Bon, je dis pas que c'est pas bien, mais c'est la marque de Monoprix. Quand on a de l'argent, on porte pas du Miss Helen.

— Pourquoi vous ne m'en avez jamais parlé ?

— J'allais pas vous ennuyer avec des bêtises. »

Quelques jours plus tard, interrogeant David, il me répondra à peu près dans les mêmes termes lorsque je lui dirai, en toute bonne foi, que Jenny possédant une BMW, une très belle voiture à mes yeux, il était normal que je puisse admettre qu'elle était riche.

« Mais Line, m'a répondu David, c'était une voiture d'occasion. Une BMW d'occasion en très bon état, on en trouve tous les jours sur Le bon coin pour trois mille euros !

— Pourquoi tu ne m'as rien dit ?

— J'ai pensé que c'était pas important. »

*

Un dimanche, vers la fin des années 70, nous recevons, comme souvent, quelques amis pour le déjeuner. Alors que nous prenons le café sur la terrasse, Loulou se met soudain à saigner du nez. Tête en arrière, narines bourrées de coton, clé froide dans le dos, rien n'y fait. Impossible de stopper l'hémorragie. Très inquiète, j'appelle le médecin de garde. Dix minutes plus tard, une 4L klaxonne à la porte. Un jeune homme très grand et très maigre s'en extrait. Il n'a pas vingt-cinq ans. C'est le Dr Bertrand. Il est extrêmement sérieux, voire un peu rigide, mais Loulou, qui a ses têtes, l'adopte immédiatement, d'autant qu'il jugule l'hémorragie en moins de deux. Et s'il ne l'appelle pas encore « Fiston » comme il le fera par la suite, il établit avec lui un rapport de familiarité teintée d'humour qui marquera durablement leur relation. Intronisé médecin de famille, il en fera bien vite partie. Loulou, hypocondriaque avéré et parfois malade imaginaire, redoute les coups de chaud, les courants d'air, les microbes, la contagion et les épidémies. Il mettra souvent la patience du Dr Bertrand à rude épreuve, sans que celui-ci se départe de son calme ni de sa faculté d'écoute. Car les petits bobos, véritables ou fantasmés, peuvent cacher de vrais soucis. C'est ainsi qu'en 1981, Patrick sauvera Loulou en l'expédiant d'urgence à l'hôpital après avoir diagnostiqué un anévrisme, bien réel cette fois. Et c'est lui encore qui, dans les dernières semaines de sa vie, accourra de jour comme de nuit à son chevet, comme il le fera plus tard pour ma mère, puis pour moi lorsque je faillis mourir au printemps 2013.

Quand me vient l'idée d'écrire ce livre, Patrick et Nicole, sa femme, sont les premiers que je songe à interroger. Ils ont bien connu Jenny, ils ont établi avec elle une relation distincte de la mienne, je suis curieuse de savoir le souvenir qu'ils en gardent, depuis l'instant où ils l'ont rencontrée jusqu'au drame final.

« Jenny, me dit tout d'abord Patrick, c'est la première personne que j'ai vue avec un iPhone. Voyons, ça date de quand, l'iPhone, 2007 ? Ben voilà, Nicole et moi on a connu Jenny chez toi, en 2007. »

Patrick et Nicole apprécient tout de suite la jeune fille – elle a vingt-deux ans à peine à ce moment. Ils la trouvent sympathique, intelligente, spontanée. Et Jenny, de son côté, se sent très à l'aise avec eux. Des liens se nouent, ils se tutoient, fêtent leurs anniversaires respectifs, se téléphonent pour prendre des nouvelles les uns des autres. Elle dit à Patrick : « Je n'ai pas eu de papa. C'est toi mon papa. » Au point qu'elle l'appelle affectueusement « Papounet ». Plusieurs fois dans l'année, les Bertrand reçoivent un grand panier garni de produits en provenance de l'épicerie de luxe que tient Odile, la maman de Jenny : foie gras, terrines, confits, truffes, etc.

Jenny a sa chambre dans leur bel appartement de Vaucresson, elle va dormir là-bas lorsque je n'ai pas de place pour la loger ou que je donne à La Jonchère un dîner important. Dans ce cas, Nicole téléphone à Odile pour lui dire que sa fille est chez eux, qu'elle ne s'inquiète pas.

Les deux femmes bavardent volontiers. Odile évoque son ex-mari, qu'elle n'appelle jamais autrement que « le papa de Jenny ». Elle lui explique les raisons qui l'ont conduite au divorce. Il fréquentait beaucoup de monde, adorait la vie nocturne. Il semble même qu'il ait eu des parts dans une boîte de nuit, à Rennes, le Bim-Bam-Boum. Probablement la trompait-il, bien qu'elle n'en ait pas eu la preuve. Très souvent il débarquait le soir, traînant à sa suite une tripotée d'invités. Odile était contrainte d'improviser un dîner, lequel, généralement, se terminait fort tard, avec, dixit Odile, « de la viande saoule répandue sur l'herbe autour de la piscine ». Bref, au bout de trois ans, elle en a eu marre de cette vie et l'a quitté.

Mortifié, il a refusé, bien que fort riche, de lui donner le moindre sou, hormis une pension, du reste assez modeste, pour élever Jenny partie avec elle.

Je m'étonne. Et les violences, dans tout ça ?

« Quelles violences ? s'étonne Nicole.

— Jenny m'avait laissé entendre que son père était violent, que sa mère était une femme battue. C'est apparemment la raison pour laquelle elle l'a quitté.

— Odile ne m'a jamais parlé de violences. »

Autre source d'étonnement, je me rends compte, en les questionnant, que Nicole et Patrick semblent avoir toujours su – ou cru – que le père de Jenny était un homme riche et n'ont jamais douté qu'elle-même le soit – chose qui, je l'ai dit, ne m'était pas venue à l'esprit, dont à aucun moment il n'avait été question entre Jenny et moi, avant l'été 2012.

« Mais enfin, me fait remarquer Nicole, tu savais bien que le papa de Jenny possédait huit magasins dans Paris ! »

Oui, je le savais, puisque Jenny me les avait montrés, rue de Rivoli, avenue des Ternes ou rue de Rennes. Mais par un curieux phénomène, ces magasins entraperçus n'avaient aucune réalité concrète pour moi, ils étaient restés purement anecdotiques, littéralement sans valeur, comme lorsque parcourant une ville avec un ami qui y est né, il vous dit en passant : « C'est là que j'ai habité quand j'étais gosse » ou : « C'est le parc où j'allais jouer, c'était mon lycée, l'église où j'ai fait ma première communion. » On écoute d'une oreille distraite, on acquiesce poliment, on oublie aussitôt.

Apparemment, les Bertrand s'étaient montrés plus attentifs ou Jenny avait joué un autre jeu avec eux.

Je leur demande si Jenny leur avait parlé, avant que je l'apprenne moi-même, de la somme dont elle avait hérité à la mort de son père. Ils m'affirment que Jenny n'en a jamais fait état devant eux.

Mais au fait, est-il réellement mort, ce père caché, présent-absent ? Peu après ce que j'appelle

« les événements », la crise profonde qui nous secoua tous au cours de ce sombre hiver, le bruit courut qu'il n'était pas mort, mais interné dans un établissement psychiatrique. Quelques jours plus tard, une autre information, tout aussi vague, venait contredire la première. Il n'en fut plus question.

Patrick et Nicole fouillent dans leur mémoire. Jenny, c'est un fait, ne parlait jamais de son père – sinon pour évoquer les huit fameux magasins parisiens. Présumant qu'il s'agissait d'un sujet douloureux pour elle, ils respectaient son silence. Pour autant, elle ne leur a jamais dit explicitement qu'il était mort. Nicole ajoute que lorsque Odile faisait allusion au « papa de Jenny », envers lequel elle éprouvait un profond ressentiment, elle ne s'exprimait pas comme s'il était mort, mais comme d'un homme avec lequel elle continuait à entretenir un rapport conflictuel.

En janvier ou février 2012, les Bertrand se rendent à Rennes, où Jenny les invite avec insistance. Ils y passent la journée.

Jenny les conduit d'abord à l'épicerie de luxe tenue par sa mère dans le vieux Rennes. C'est un très beau magasin, le décor Belle Époque est classé monument historique, la boutique ne désemplit pas. Odile s'affaire derrière le comptoir. Deux commis l'aident. Rien ne permet d'affirmer que le magasin lui appartienne, mais Patrick et Nicole n'en doutent pas un instant. Pourquoi se poseraient-ils la question ?

Ils visitent ensuite le logement que Jenny partage avec sa maman en attendant d'emménager dans l'appartement qu'elle vient récemment d'acquérir et qui pour l'heure est en travaux. L'endroit est vaste, comme le sont souvent les appartements en province, mais un peu triste et tout compte fait assez moche. À peine entrés, ils notent, stupéfaits, que les murs sont entièrement recouverts d'affiches et de photos de moi. Salon, chambres, couloirs, salle de bains, cuisine et jusqu'aux toilettes, pas un seul centimètre carré disponible. C'est Line Renaud à tous les âges et dans toutes les circonstances. Plus qu'un musée, un mausolée. Tandis qu'ils parcourent lentement les pièces, Jenny les suit, guettant leur réaction. D'abord sidérés, ensuite un peu mal à l'aise, tant cette accumulation crée une sensation funèbre, ils finissent par se laisser gagner par l'émotion. Certes, ils n'ignorent pas la fascination qu'éprouve Jenny à mon égard, ils savent que c'est une fan, avec l'excès qui en découle, mais dans cet appartement un peu sombre encombré d'ex-voto, où il ne manque que les bougies et les fleurs qu'on voit dans les églises un jeudi saint, ils réalisent sans doute pour la première fois la place inouïe que je tiens dans sa vie. Et comme ils m'aiment profondément et qu'ils éprouvent une sincère affection pour Jenny, au lieu de s'inquiéter de cette fixation démesurée, ils sont heureux qu'un lien si fort nous réunisse.

Pour finir, Jenny leur fait découvrir son appartement. Situé au sixième étage d'un immeuble années 80 sans grand charme, il bénéficie cependant, grâce à une large baie vitrée, d'une très jolie vue sur la ville et ses environs. Hélas, cette baie doit être changée pour améliorer l'isolation thermique. Les précédents propriétaires, un jeune couple, avaient envisagé de le faire, mais, selon Jenny, ils ont reculé devant le coût de l'opération. La dimension de la baie est telle qu'elle ne peut pas être montée par les escaliers. Il faut la hisser depuis l'extérieur à l'aide d'une grue dont la location revient à plusieurs milliers d'euros par jour.

J'ai un peu de mal à suivre cette affaire de grue et de baie vitrée, d'autant qu'un détail m'a troublée : Jenny ne m'a-t-elle pas affirmé, alors que nous discutions sur la terrasse, à La Jonchère, le 29 août 2012, qu'elle avait acquis son appartement en viager, ce qui justifiait qu'elle en connaisse parfaitement les mécanismes ?

Qu'est-ce que ce jeune couple vient faire dans l'histoire ?

Je questionne les Bertrand. Sont-ils bien certains que Jenny leur ait parlé d'un jeune couple ? Tout à fait certains, me disent-ils. Ce couple attendait un deuxième enfant et souhaitait s'agrandir. Des gens charmants devenus des amis, à en croire Jenny.

Une fois encore, je suis stupéfaite de constater que tout ce qui, à l'époque des faits, aurait pu m'alerter, tout ce qui aurait pu m'amener à vérifier les dires de Jenny a été en quelque sorte gommé, passé sous silence et comme censuré, alors qu'au contraire ce qui tendait à les accréditer était mis en valeur et en renforçait la vraisemblance.

Du reste, Patrick, pas plus que Nicole, n'avait aucune raison, au retour de Rennes, de m'avertir des bizarreries – de ce qui aujourd'hui nous apparaît à l'évidence comme des bizarreries – pourtant nombreuses qu'ils auraient pu relever au cours de cette journée. Ils rentrent enchantés de leur court voyage et encore fortifiés dans l'estime qu'ils portent à Jenny. Peu importe que Jenny les ait invités à déjeuner et qu'ils aient finalement réglé l'addition – ce qui, ils l'avouent, les a un peu surpris sur le coup. Ce qu'ils retiennent, c'est la simplicité de Jenny, son courage, sa ténacité.

Persuadés qu'elle est riche, ils regardent l'extrême banalité, voire la médiocrité de sa vie, non pas comme une contradiction troublante, mais comme une preuve de son attachement aux vraies valeurs – le travail, l'effort – et de son indifférence au paraître.

Connaissant mieux Jenny – croyant mieux la connaître –, ils s'attachent d'autant plus à elle.

Lorsqu'ils apprennent, par elle ou par moi, je ne sais qui leur en parle en premier, qu'elle envisage d'acheter La Jonchère en viager, ils s'en réjouissent sans réserve et appuient le projet avec enthousiasme.

Jusqu'à l'extrême limite, parfois contre toute évidence, Patrick soutiendra Jenny et lui accordera sa confiance. Qu'un homme d'une telle intelligence et, de par son métier, d'une telle expérience, ait pu se laisser abuser donne à réfléchir.

Pourquoi y ai-je cru, pourquoi y a-t-il cru si longtemps ? Parce que nous voulions y croire. Il y avait un peu de vérité dans les mensonges de Jenny, beaucoup de mensonges dans le peu qui était vrai. Mais cet embryon de vérité suffisait à consolider l'édifice. Jenny nous racontait une belle histoire et nous l'écoutions sans oser l'interrompre.

Il aurait suffi que l'un de nous lève le doigt et dise : « Euh, pardon, là, je ne comprends pas, tu peux m'expliquer ? » pour que tout s'écroule. Mais personne n'a songé à lever le doigt. Comme si nous étions paralysés par la manipulation qui faisait de nous des victimes inconscientes et d'avance résignées.

Notre crédulité a nourri sa pathologie.

*

Après le 28 août, Jenny passe encore quelques jours à La Jonchère avant de repartir pour Rennes. Curieusement, pendant cette période, il n'est plus question entre elle et moi de la vente de la propriété. Comme si la décision était acquise une fois pour toutes et les tâches réparties : à moi de trouver un notaire et de regrouper les actes de propriété, à elle de mettre en œuvre les diagnostics et autres formalités dont elle m'a signalé l'existence. Tout cela prendra plusieurs semaines. Je ne m'en soucie pas. L'angoisse qui m'étreint depuis des mois s'est apaisée, je respire enfin librement.

À la date du 4 septembre 2012, je repère une note sur mon agenda : Paul + Jenny. Paul est en Europe pour quelques semaines avec Omar, son compagnon, et j'ai certainement tenu à lui présenter Jenny. Est-ce qu'un peu de doute, un reste de prudence subsiste en moi ?

J'ai rencontré Paul il y a cinquante ans. À l'occasion d'une escale à Las Vegas, Michel, un steward d'Air France – le bienfaiteur qui me ravitailla assidûment en saucissons et en camemberts durant mes séjours américains –, me téléphone un soir en me demandant s'il peut assister à ma revue en compagnie d'un copain belge, un certain Paul Bruggemans. Je leur réserve une petite table en bordure de scène. Comme toujours, après quelques chansons, je plaisante avec le public, interpellant par surprise tel ou tel spectateur – un fermier de l'Arkansas, un employé d'assurance de Baltimore – en fonction des informations que je me suis procurées auprès du service de réservation. J'ai pris goût à ce petit jeu que l'on appelle ici *audience participation* et mes *punchlines* ont toujours beaucoup de succès. De même, juste avant le final, je présente les personnalités présentes dans la salle. Ce soir-là, parmi d'autres grands noms d'Hollywood ou de Broadway, Cary Grant et Danny Kaye qui, comme chaque année, fêtent ensemble leur anniversaire. Je termine en disant : « Et je suis tout particulièrement heureuse de vous présenter Paul Bruggemans, une immense vedette en Europe, dont le dernier film *Bye, Bye, my Love* remporte actuellement un triomphe ! » Pure invention de ma part, on l'aura compris. Le pinceau d'un projecteur vient se poser sur la table qu'occupent Michel et son copain Paul. Tonnerre d'applaudissements. Je vois le malheureux Paul passer sous la table de honte.

Le spectacle fini, je l'attends dans ma loge. Trois quarts d'heure se passent, il n'est toujours pas là. Je crains de l'avoir fâché. Pas du tout. Lorsqu'il apparaît enfin, il m'explique, ravi, qu'il était tout simplement en train de signer des autographes !

Depuis, notre amitié ne s'est pas démentie et il est rare que je prenne une décision importante sans lui en parler.

Nous dînons donc. Paul a compris, sans qu'il soit besoin d'insister, que je suis impatiente de savoir ce qu'il pense de Jenny. Il la questionne habilement, elle répond sans s'émouvoir, dans un style direct et concis, agrémenté d'une pointe d'humour, qui rappelle beaucoup la façon dont s'expriment les jeunes Américains – et que je n'avais pas noté chez elle jusqu'alors. Comme si elle adaptait son langage à son interlocuteur du moment. Paul, qui vit depuis si longtemps aux États-Unis, y est visiblement sensible.

Vers la fin de la soirée, alors qu'elle s'est absentée un instant pour aller chercher un pull dans sa chambre, il me glisse : « Cette fille est fantastique ! Tu as beaucoup de chance. Elle sera parfaite pour s'occuper de ton fonds de dotation. »

*

Comme chaque année, la rentrée – cette fameuse rentrée que j'ai attendue avec tant d'impatience – est pour moi une période particulièrement active. Malgré ce qu'il m'en a coûté de renoncer à la série que je devais tourner cet automne, je me félicite d'avoir pris cette décision. La tournée d'*Harold et Maude* débute dans quelques semaines, j'espère être complètement rétablie d'ici là.

Très vite, un événement mobilise toute mon énergie. Le dimanche 9 septembre, la grande star de la pop britannique, George Michael, accompagné par un orchestre symphonique, donne un concert de gala à l'Opéra Garnier au profit du Sidaction. George Michael, qui a failli mourir d'une pneumonie quelques mois plus tôt, vient de faire un retour triomphal lors de la clôture des Jeux olympiques de Londres. Pour ce concert parisien, deux mille billets ont été vendus, le spectacle, auquel de nombreuses personnalités doivent assister, sera suivi d'un superbe dîner, offert, toujours au profit du Sidaction, par Cartier dans le foyer de l'Opéra.

D'autres projets, d'autres événements m'accaparent. Après cinq ans et plus de cent trente émissions diffusées, France 5 a décidé de mettre fin à sa série de documentaires « Empreintes » à l'issue d'une sixième saison. La chaîne me propose de consacrer le tout dernier numéro à ma vie et à ma carrière. Venant après tant d'artistes, de scientifiques, de personnalités remarquables, c'est évidemment flatteur et j'en suis touchée – même si je suis consciente du caractère tout à fait arbitraire de ce choix. Qui se souviendra de moi dans cinquante ans ? Bizarrement, les producteurs m'avaient déjà sollicitée pour leur toute première émission, en 2007. J'avais alors refusé, car venait d'être diffusé sur la chaîne Arte l'excellent film de Philippe Kohly *Line Renaud, une histoire de France* et franchement, je ne voyais pas ce qu'on pouvait réussir de mieux dans le genre. Mais les années ont passé et peut-être est-il possible aujourd'hui d'essayer de faire, sinon mieux, du moins autre chose.

Nous avons une première réunion le 3 octobre avec les représentants de la chaîne, les producteurs, le réalisateur et les auteurs, Anthony Souchet et Thomas Durand. On se congratule, on lance des idées – chacun faisant précéder sa proposition d'un prudent : « Je vais dire n'importe quoi... », ce qui, hélas, se vérifie aussitôt –, bref, il n'en sort pas grand-chose, sauf un titre : *Mon arbre de vie*, que je trouve évocateur et qui me guidera tout au long de l'élaboration de ce projet. L'arbre de vie en question, c'est le cèdre bleu minuscule que Michel Audiard nous avait offert, à Loulou et à moi, il y a plus de cinquante ans et qui est devenu un arbre magnifique, symbole à mes yeux de force et d'espoir.

Deux jours après cette réunion, je participe à l'inauguration de l'exposition « Django Reinhardt, Swing de Paris » à la Cité de la musique. J'ai prêté pour l'occasion l'une des guitares de Loulou, la Selmer numérotée sur laquelle il a composé la « Cabane au Canada ». Cette même guitare qu'il emportait avec lui lorsque nous descendions à Cannes par le Train bleu pour aller enregistrer « This is Paris », l'émission de Maurice Chevalier à destination des États-Unis. Mes accompagnateurs, les merveilleux musiciens qu'étaient Django, Hubert Rostaing ou Aimé Barelli, nous rejoignaient dans notre compartiment et tandis que j'essayais de trouver le sommeil, ces messieurs jouaient au poker, buvaient du whisky, fumaient d'innombrables cigarettes et, pour se détendre entre deux parties, saisissaient qui son sax, qui sa trompette, qui sa guitare et faisaient le bœuf. Parfois Django et Loulou échangeaient leurs instruments, car leurs deux guitares, pourtant sorties des mêmes ateliers, ne sonnaient pas de la même façon. De sorte que bien des années plus tard, lorsque Elvis Presley, un soir, est venu me voir dans ma loge au Casino de Paris, Loulou, lui montrant la fameuse Selmer, a pu lui dire : « Vous savez que Django a joué sur cette guitare ? » Elvis, ému, a caressé l'instrument et, s'accompagnant, a chanté pour nous jusqu'au matin.

En ce mois d'octobre 2012, chaque page de mon agenda est noircie dans tous les sens, surchargée, raturée, évoquant projets et rencontres. Et si je raconte tout ceci, c'est pour montrer que la vente de La Jonchère, le viager, Jenny étaient bien loin de mobiliser tout mon temps et toutes mes pensées. Aurais-je été plus attentive si j'avais été moins occupée ? Sans doute, mais puis-je imaginer de vivre autrement que j'ai toujours vécu ?

« Ne reste pas à rien faire ! » L'injonction de ma mère m'anime encore. Toute ma vie, j'ai trimballé avec moi, gribouillées sur une enveloppe ou sur un vieux prospectus, des listes de « choses à faire » que je raye méthodiquement tout au long de la journée. Mais au fur et à mesure que je biffe, je note une nouvelle tâche, un nouveau rendez-vous, un nouveau coup de téléphone. Si bien que le soir venu, le solde est invariablement négatif.

Je crains bien qu'un pied dans la tombe, et même les deux, il me reste encore beaucoup, beaucoup de « choses à faire ». Qu'on veuille bien laisser la liste à portée de ma main. À tout hasard.

Chapitre six

Bientôt, je serai votre patronne

Rentrée à Rennes dans les premiers jours de septembre, Jenny a repris le travail. Il lui reste trois mois à accomplir d'ici fin novembre où son contrat prendra fin. Le cœur n'y est plus. Il règne une sale ambiance dans la boîte, les employés se tirent dans les pattes. Climat délétère qui peut aussi bien s'expliquer par la fermeture prochaine de l'entreprise – selon la version dont je dispose – que par sa démission – variante évoquée par le Dr Bertrand – ou par tout autre motif.

Ainsi, David reste aujourd'hui persuadé qu'elle s'est fait « lourder » tandis que Marie-Annick, plus radicale encore, doute qu'elle ait jamais travaillé, là ou ailleurs. Ce qui me paraît hautement improbable, puisque, ainsi que je l'ai raconté, ses patrons sont venus assister à une représentation d'*Harold et Maude* et qu'ils m'ont ensuite rendu visite dans ma loge.

« Qui vous prouve que c'étaient bien ses patrons ? » me rétorque Marie-Annick.

Qui en effet ?

Quand l'édifice de mensonges s'est brutalement écroulé, le 5 mars 2013, nous sommes d'abord restés effarés et meurtris. Puis est venu le temps des hypothèses les plus folles. Ressassant les événements que nous venions de vivre, nous y avons vu la trace d'un complot diabolique, ourdi de longue date et minutieusement mis en œuvre. Jenny n'avait jamais fait d'études, sa mère n'était pas sa mère, l'appartement qu'elle avait montré aux Bertrand, le jour où ils lui avaient rendu visite à Rennes, n'était pas le sien. Et dans la foulée, pourquoi pas, ses patrons étaient des figurants engagés pour la circonstance.

Au fond, l'idée d'un complot est rassurante. On a eu affaire à plus malin que soi, il était impossible d'y échapper. Mais si l'attaque est venue d'un adversaire médiocre et qu'on réalise qu'un peu de jugeote aurait suffi à le démasquer, la blessure est d'autant plus profonde et l'humiliation s'ajoute à l'outrage. Comment ne pas basculer dans le fantasme et l'irrationnel lorsque l'on prend brutalement conscience de la facilité avec laquelle on s'est laissé berner ?

*

De septembre à fin novembre, Jenny passe tous ses week-ends à La Jonchère. À la date du vendredi 28 septembre, Marie-Annick signale sur son agenda un dîner avec Jenny, mon décorateur Didier Rabes et Annic, sa femme. Elle mentionne, bien entendu, le repas qu'elle a servi : *Feuilletés au fromage, rôti de bœuf pommes boulangères, tarte aux abricots.*

C'est probablement au cours de ce dîner que Didier Rabes me suggère le nom d'un notaire. Il n'a pas eu affaire à lui directement, mais un ami lui en a fait l'éloge. Me Olivier N. est membre associé d'une importante étude parisienne, il est habitué à traiter de grosses affaires immobilières, ses références me paraissent solides, je prends contact avec lui.

Nous convenons d'un premier rendez-vous début novembre. D'ici là, Jenny et moi espérons être venues à bout de quelques-unes des formalités administratives en cours. Je n'en soupçonnais pas la complexité. Département, commune, voisinage, chacun se renvoie la balle, une démarche en entraîne une autre, une nouvelle difficulté surgit lorsqu'on pensait un problème enfin résolu. Dans cette bagarre perpétuelle, Jenny fait preuve d'une ténacité qui m'impressionne. Très organisée, elle se démène avec efficacité et sang-froid. Du lundi au vendredi, à Rennes, elle prend sur son temps libre pour envoyer des mails ou téléphoner, groupant ses rendez-vous en fin de semaine, lorsqu'elle se trouve à Paris. Chaque dimanche, avant qu'elle reparte, nous faisons le point. Vive, très structurée, elle ne se perd pas en explications inutiles. Ensemble, nous avançons vite.

Je pense avec satisfaction que le travail auquel nous nous livrons, pour rebutant qu'il soit, nous prépare à d'autres tâches. Malgré les difficultés temporaires, ne suis-je pas en train de réussir mon pari ? Comme je l'avais pressenti, comme je l'ai souhaité, comme je l'y ai préparée, Jenny sera une excellente administratrice du fonds de dotation Line Renaud-Loulou Gasté, et la certitude de l'avoir à mes côtés m'incite à mettre en œuvre au plus vite ce projet auquel je tiens tant.

*

Contrairement à Marie-Annick, que j'ai mise dans la confidence, Jacinthe ne sait rien de la révolution qui se prépare dans la maison. Car j'ai expressément demandé à Jenny de garder le silence sur nos projets avant qu'ils n'aboutissent.

À cette époque, Jacinthe travaille et vit à La Jonchère depuis deux ans avec Luis, son mari, tous deux d'origine portugaise. Luis s'occupe à présent du jardin, vite devenu « son » jardin. Bien que leurs personnalités et leurs parcours soient très différents, Jacinthe partage avec Marie-Annick un naturel souriant, un entrain à toute épreuve et une commune gentillesse. De là provient qu'elles s'entendent parfaitement et s'entraident aussi souvent que nécessaire.

Lorsque j'interroge à son tour Jacinthe, j'ai la surprise de l'entendre me dire : « Attendez, madame, je vais chercher mon cahier. » De quel cahier peut-il bien s'agir ? Elle revient un instant plus tard, tenant à la main un fascicule qu'elle ouvre devant elle. Les pages en sont remplies d'une écriture fine au stylo à bille bleu. Jacinthe m'explique qu'elle a l'habitude de noter des petits événements de la vie quotidienne, habitude qu'elle a justement prise à ce moment-là. Je lui demande pourquoi. Elle me répond que sans savoir ni même soupçonner de quoi il s'agissait, elle s'est rendu compte que quelque chose d'inhabituel était en train de se produire dans la maison. Luis, son mari, à qui elle se confie, lui conseille alors gentiment mais fermement de se mêler de ce qui la regarde. Les affaires des patrons, moins on en sait, mieux on se porte. C'est à ce moment qu'elle a acheté ce cahier à feuilles quadrillées et qu'elle s'est mise à transcrire ce qu'elle remarquait, qui l'intriguait et dont elle ne pouvait parler à personne.

Je lui fais remarquer qu'elle aurait pu interroger Marie-Annick. Elle m'objecte qu'elle y a bien pensé, mais qu'elle a préféré s'abstenir, car, dit-elle « si Marie-Annick me disait rien, c'est qu'il y avait une raison. Je voulais pas l'embarrasser ».

Jacinthe parle parfaitement le français, mais préfère écrire en portugais. Elle doit donc traduire – et d'abord déchiffrer, car elle a parfois du mal à se relire – ce qu'elle a consigné pour m'en faire part.

Principal sujet d'étonnement, Jenny est dorénavant traitée « comme une reine ». Elle ne fait plus son lit, elle n'entretient plus sa chambre. Lorsqu'elle descend, le matin, son petit déjeuner est servi. « Elle n'a plus qu'à se mettre les pieds sous la table », écrit Jacinthe, qui en est extrêmement surprise et ne sait à quoi attribuer ce brusque changement.

Je n'ai pourtant donné aucun ordre en ce sens. C'est Marie-Annick qui a tout naturellement pris acte qu'une situation nouvelle s'était créée, et en a tiré les conséquences. De fan accueillie sans façon, Jenny a accédé au statut d'invité. Et Dieu sait si, pour Marie-Annick, les invités de Madame sont entourés d'égards.

Je demande alors à Jacinthe à quel moment elle a appris que Jenny se disposait à acheter la maison. Jacinthe tourne les pages de son cahier et repère vite l'information. Peu de temps avant Noël, Jenny l'a prise à part et lui a dit : « J'ai une nouvelle à vous annoncer : je vais acheter La Jonchère. Bientôt, je serai votre patronne. »

Ainsi, malgré la promesse qu'elle m'a faite de rester discrète, Jenny n'a pas pu résister. En quête de reconnaissance depuis l'enfance, elle rêve d'être enfin au centre du jeu, enviée, crainte et fêtée. Malgré l'état de déni dans lequel elle vit, elle a conscience que le temps lui est compté. Si elle veut goûter aux privilèges que lui procure momentanément ce titre usurpé de future propriétaire de La Jonchère, il faut qu'elle se hâte.

Au même moment, elle confie au Dr Bertrand qu'une fois que La Jonchère lui appartiendra, elle renverra Marie-Annick, dont elle se méfie. Entre autres griefs, elle lui reproche d'être indiscrète, d'entrer à l'improviste dans sa chambre, de déplacer ses produits dans la salle de bains. Toutes choses qui lui sont insupportables et qu'elle n'entend plus tolérer lorsqu'elle tiendra les rênes.

*

À quelques jours de notre rendez-vous chez Me N., Jenny me téléphone. Elle a réfléchi, elle sait à quel point le principe même du viager me met mal à l'aise, bien que je m'applique à le dissimuler. Elle se souvient – je l'ai dit devant elle à Annie, dans la piscine au mois d'août – que Loulou et moi, aussi superstitieux l'un que l'autre, y étions hostiles. Désireuse de me faire plaisir, elle s'est renseignée et me propose une autre formule : la vente avec droit d'usage et d'habitation. Fini le bouquet et la rente, il s'agit d'une vente pure et simple, mais le vendeur conserve le droit d'habiter sa maison aussi longtemps qu'il le souhaite et que le bon Dieu y consent. Fini le sentiment angoissant que votre acheteur spécule, dans une sorte de loterie macabre, sur votre prompte disparition.

Je suis profondément émue par sa délicatesse et l'en remercie sincèrement. Jenny m'explique en détail la différence entre droit d'usage et droit d'habitation, compare avec l'usufruit, évalue l'incidence sur le prix de vente, recense les dispositions fiscales, les conséquences sur l'ISF… Lorsque Jenny s'empare d'un sujet, elle le potasse à fond et semble capable, en un rien de temps, d'en remontrer aux meilleurs spécialistes. En réalité, de même qu'à cause de mon brevet raté, j'ai surévalué son niveau d'études, de même qu'à cause de ma maladresse dans le maniement des outils électroniques, je l'ai prise pour une championne du numérique, j'ai longtemps méconnu qu'un rapide coup d'œil sur Wikipédia permettait au plus ignorant de briller à peu de frais.

Nous voici donc, le 9 novembre, dans le bureau de Me N., à deux pas de la Concorde. Trois jours plus tôt, le mardi 6, Barack Obama a été reconduit pour un deuxième mandat à la tête des États-Unis. En marge de mon agenda, j'ai marqué « Bravo Obama ! ».

Très vite, la conversation tourne au dialogue entre Me N. et Jenny. Elle s'est installée sans aucune difficulté dans son rôle – celui d'une personne sur le point d'acheter une très belle propriété, qui dispose des moyens pour le faire, et qui, avant de s'engager, entend ne rien laisser au hasard. En même temps, elle apparaît comme soucieuse de mes droits et résolue à se garder de tout ce qui pourrait aller contre ma volonté. Je n'ai pas besoin d'argumenter puisqu'elle le fait à ma place. Elle défend à la fois ses intérêts et les miens. Ce faisant, elle me met habilement hors circuit et s'empare de la place qu'elle convoite : au centre du jeu, sujet de toutes les attentions.

Ce qu'Hubert Colson, un autre de mes fans, à la fois psychanalyste et pâtissier – il possède une boutique à Mons et une autre à Brooklyn –, nomme le *délire narcissique.*

Les avantages comparés du viager et de la vente avec droit d'usage et d'habitation sont à nouveau disséqués. Jenny jongle avec le sujet, elle va au-devant des questions du notaire, attire son attention sur des détails auxquels lui-même n'a pas songé ou qu'il n'a pas encore abordés. Complètement larguée, je compte les points au hasard, comme un arbitre de tennis qui ignorerait les règles du jeu. Sur un revers lifté, Me N. laisse filer la balle : « J'avoue que je ne sais pas. Il faudrait que je vérifie. » Mal lui en prend. « J'ai vérifié », rétorque Jenny. Et de citer l'article de loi concerné.

Bluffé – je le suis tout autant –, Me N. finit par rendre les armes. « Je vois que vous connaissez bien la question, mademoiselle. Ça va nous faire gagner beaucoup de temps », conclut-il sportivement.

Nous discutons d'un calendrier. Me N. envisage la signature d'un compromis de vente en début d'année – le temps que soient achevées ces formalités qui nous occupent depuis deux mois, Jenny et moi. Quant à la conclusion définitive de la transaction, elle interviendrait au mois de juin, Jenny souhaitant disposer d'un délai, le temps de pouvoir dégager les sommes actuellement placées sur divers comptes. Il est entendu que la signature du compromis s'accompagnera du dépôt d'un chèque correspondant à dix pour cent du montant total de la vente.

« Bien, dit Me N., pressé d'en finir. Je crois que nous avons bien avancé pour cette fois. Nous pourrions nous revoir au mois de décembre… »

Jenny l'interrompt.

« Peut-être souhaitez-vous recevoir une lettre de ma banque…

— Une lettre ?

— Une lettre de garantie.

— Rien ne presse. À l'occasion, oui, faites-moi parvenir cette lettre. Je la joindrai au dossier. »

Me N. nous raccompagne sur le palier, appuie sur le bouton de l'ascenseur. Nous échangeons quelques politesses avant de nous engouffrer, Jenny et moi, dans la cabine. Tandis que l'ascenseur descend vers le rez-de-chaussée, je donne un coup de coude espiègle à Jenny. « Tu l'as mis dans ta poche ! » dis-je en éclatant de rire.

J'aurais tout aussi bien pu dire : « Tu lui as rivé son clou ! » ou « Tu lui as cloué le bec ! », exprimant par là que je m'étais amusée de la façon dont elle avait tenu tête à Me N. et l'avait battu sur son propre terrain. Mais j'ai bien dit : « Tu l'as mis dans ta poche ! » sans m'aviser que l'expression pouvait prendre un sens bien moins innocent. Car en effet, dès la première minute de notre rendez-vous, Jenny, en virtuose, a mystifié Me N., elle a paralysé chez lui tout sens critique, annihilé toute méfiance, désamorcé les réflexes professionnels les plus élémentaires.

Je n'avais pas fini d'en supporter les conséquences.

*

Pourtant, Jenny a commis une faute au cours de ce rendez-vous. Elle a voulu trop en faire.

Dans la nuit qui a suivi, en proie, comme si souvent, à l'insomnie, une pensée me traverse brusquement l'esprit :

« Et si c'était une mythomane ? »

C'est la première fois que je me pose la question aussi nettement, que je la laisse affleurer. Car elle est probablement présente en moi, soigneusement refoulée, dès l'origine.

Paniquée, définitivement incapable de trouver le sommeil, j'allume la lumière à côté de mon lit et passe en revue les événements de la journée. Quelle remarque, quelle attitude, quelle circonstance a bien pu éveiller mes soupçons ?

Je finis par trouver. Le déclic s'est produit au moment où Jenny a proposé à Me N. l'envoi par sa banque d'une lettre de garantie. Autrement dit une lettre attestant qu'il y a bien sur son compte – ou sur divers comptes et placements –

la somme voulue pour financer l'acquisition qu'elle envisage. Qu'il soit nécessaire de le prouver a fait naître en moi l'idée qu'il pouvait y avoir un doute à ce sujet. Jusqu'à présent, la richesse de Jenny – les cinquante millions légués par son père – était pour moi une pure abstraction, comme un trésor dont on ignore s'il est en pièces ou en lingots, enterré dans un coffre au pied d'un arbre ou mis à l'abri dans une chambre forte. La lettre de garantie a brusquement ramené ces visions romanesques à la froide réalité : une suite de chiffres sur un relevé de compte.

Mon imagination s'enfièvre, une série de petits incidents me reviennent en mémoire. Par exemple, toutes les fois où Jenny et moi nous sommes croisées prétendument par hasard. Comme à l'aéroport de Nice, deux ans plus tôt, lorsque, au moment d'embarquer pour Paris, je me suis rendu compte que Jenny voyageait dans le même avion.

Mon voisin a l'amabilité de lui céder son siège, elle s'installe à côté de moi et m'explique qu'en déplacement en Corse pour son travail, elle n'a pas trouvé d'avion direct pour rentrer à Paris et a dû prendre une correspondance à Nice. Moi qui meurs de trouille en avion, je suis soulagée de pouvoir calmer mon angoisse en bavardant avec elle tout le long du voyage.

Il ne me vient pas à l'idée de mettre en doute le caractère fortuit de cette rencontre.

Pourquoi irais-je imaginer que Jenny, pour le simple bonheur de passer quelques instants avec moi, s'est renseignée sur mon emploi du temps et a combiné de bout en bout cette rencontre ?

C'est pourtant l'hypothèse que j'envisage sérieusement cette nuit-là. Connaissant ma propension à guetter les signes et à les interpréter à ma façon, elle a pensé qu'en surgissant sur ma route à l'improviste, j'y verrais un présage et qu'elle se rendrait incontournable à mes yeux, au propre comme au figuré.

Accréditant cette théorie, je me souviens qu'à quelques mois d'intervalle, alors que je tournais à Marseille le film de Pascale Pouzadoux *La Croisière*, je l'ai aperçue soudain parmi la foule. Stupéfaite, je lui demande ce qu'elle fait là.

« C'est extraordinaire ! me répond-elle, très excitée. Je sors d'un rendez-vous avec un client, je prends un taxi pour aller à la gare, nous sommes bloqués par un attroupement. Un jeune homme tient un talkie-walkie à la main, je lui demande ce qui se passe, il me dit qu'on tourne un film. – Avec qui ? – Avec Line Renaud. Vous pensez, j'ai vite payé le taxi et je suis venue vous embrasser !

— Ça, c'est extraordinaire ! » dis-je, ébahie.

Et comme Jenny l'a prévu, je pense aussitôt que le destin, décidément, m'envoie un signe.

Je raconte l'histoire à tout le monde, Jenny, l'espace d'un instant, est la vedette du plateau. N'est-ce pas son but ? Elle passe l'après-midi avec moi et repart seulement le soir, comblée.

Comme souvent, les angoisses de la nuit s'apaisent le matin venu. Et ce qui nous faisait si peur dans l'obscurité nous paraît dérisoire à la lumière du jour.

Qu'ai-je eu besoin de me faire du souci, pourquoi suis-je allée déterrer ces rencontres à Nice et à Marseille en leur prêtant une signification qu'elle n'ont pas ? Est-ce qu'il n'arrive pas bien souvent qu'au milieu d'une ville de plusieurs millions d'habitants, on tombe pile sur la personne à qui on pensait cinq minutes avant ?

Quant à la vente de La Jonchère, je n'ai aucune raison de m'inquiéter. N'est-ce pas Jenny elle-même qui a suggéré l'envoi de cette lettre ? Pourquoi se serait-elle mise délibérément en mauvaise posture s'il y avait eu la moindre difficulté avec sa banque ? Tout cela ne tient pas debout et mes craintes sont infondées.

J'en ai d'ailleurs la confirmation lors de notre rendez-vous suivant avec Me N., le 4 décembre.

Nous faisons le point sur la situation et constatons avec satisfaction que les dossiers administratifs sont en bonne voie. Me N. nous lit les dispositions du compromis de vente en cours de rédaction. Jenny, toujours aussi vigilante, discute minutieusement chaque détail, chaque formulation. Au moment où l'entretien prend fin, elle sort du petit cartable qu'elle trimbale toujours avec elle la fameuse lettre de la banque et la tend négligemment à Me N., comme s'il s'agissait d'une chose de peu d'importance. Celui-ci l'examine rapidement. « Parfait », dit-il, avant de la fourrer dans une chemise cartonnée déjà bourrée à craquer.

L'incident est clos. J'ai eu bien tort de me faire du souci. Pourtant cette interrogation : « Et si c'était une mythomane ? » continue à trotter dans ma tête, un peu dissimulée mais présente, comme une douleur qui n'a pas atteint le stade où il devient indispensable de la faire soigner et qui toutefois ne cesse de vous tourmenter. Mais l'essentiel de moi-même impose le silence à la part infime qui doute et ma confiance en Jenny, pas plus que la qualité de notre relation, ne sont entamées.

*

J'ai dit que je détestais les vacances, j'aurais dû préciser que les seules auxquelles je consente, ce sont les séjours que je fais à Grasse, chez mes amis Virginie et Gérard Ferry.

Rentrés des États-Unis où ils ont dirigé pendant trente ans L'Orangerie, un restaurant de légende à Los Angeles, ils ont eu un coup de cœur pour un vieux domaine agricole planté de plus de mille oliviers en bien mauvais état. En l'espace de quelques années, Gérard, dénué de toute expérience en la matière, a redonné vie à ce lieu au prix d'un travail acharné. Taillant et soignant les arbres, remontant les murs écroulés, combinant les pratiques anciennes et les techniques les plus modernes, il a ressuscité patiemment une oliveraie magnifique qui produit une huile d'une douceur et d'un fruité incomparables. Virginie, pendant ce temps, a aménagé avec un goût très sûr une maison où la cuisine – dotée d'un gigantesque piano et d'équipements ultramodernes – rappelle qu'ils furent longtemps restaurateurs. Inutile de dire que j'ai beaucoup d'admiration pour ce couple extraordinaire qui, partout où il passe et quelle que soit l'activité à laquelle il se consacre, amène avec lui la beauté, le charme et le raffinement.

Le fait qu'ils aient choisi de jeter l'ancre à Grasse, au pays des lavandes, à quelques kilomètres à peine d'Antibes, la ville où Loulou a passé son enfance, contribue encore à me les rendre chers.

Depuis le 30 novembre, Jenny, désormais libre, a quitté Rennes et s'est installée à La Jonchère. Logique avec mon intention de lui confier à terme d'importantes responsabilités, je souhaite l'associer autant que possible à mes activités, lui faire rencontrer les gens avec qui je suis en contact professionnellement, la familiariser avec les studios, les salles de montage, etc. Une sorte de stage, en somme. Intelligente, attentive, elle apprend vite, m'étonne par la sagacité de son jugement. Chacun l'apprécie, j'en suis heureuse et y vois la confirmation de mon choix.

Pourtant, la part de moi-même qui doute – « Et si c'était une mythomane ? » – décide de la soumettre à une épreuve supplémentaire. J'ai prévu de passer les fêtes de fin d'année chez Gérard et Virginie. Avec leur accord, j'invite Jenny à nous rejoindre après Noël. Tout comme je l'avais fait avec Paul au mois de septembre, je demande à mes amis de mettre à profit sa présence pour l'observer, la sonder, bref, la tester.

Gérard peut être aussi dur en affaires qu'il est charmant dans la vie privée. Il ne se laissera pas facilement mener en bateau. Si faille il y a, il la repérera immédiatement. Quant à Virginie, les années qu'elle a passées à gérer les ego des personnalités qui fréquentaient L'Orangerie, à

Los Angeles, valent certainement l'équivalent d'un doctorat de psychologie, avec une spécialisation « Mythomanie », puisque deux des habitués du restaurant ont été longtemps Richard Anthony et Christophe Rocancourt, l'un comme l'autre réputés pour leurs talents d'affabulateurs.

Virginie et Gérard connaissent-ils déjà Jenny, lorsqu'elle débarque chez eux peu après le lendemain de Noël ? Oui, pense Gérard, qui se rappelle – ou croit se rappeler – un dîner à La Jonchère, quelques mois auparavant. Non, assure Virginie, qui par contre se souvient de lui avoir parlé plusieurs fois au téléphone. Elle lui a semblé charmante et bien éduquée – une qualité sur laquelle tout le monde s'accorde.

Dans un cas comme dans l'autre, ils savent peu de choses d'elle, hormis ce que je leur en ai dit : son enfance solitaire à Rennes, élevée par sa maman, les huit magasins du père, ses études de gestion et d'informatique, le boulot qu'elle venait de quitter et, bien entendu, sa proposition d'acquérir La Jonchère.

Gérard, prenant sa mission très au sérieux, passe de longs moments en conciliabule avec Jenny. Il est séduit par son assurance, il la juge intelligente, équilibrée, et ne voit rien d'incohérent dans son parcours ni dans ses projets. Bien sûr, lui qui est un entrepreneur à la fois audacieux et prudent – les deux vont généralement ensemble – ne conçoit pas qu'on puisse dépenser son capital sans le reconstituer en même temps. Or depuis qu'elle a perdu son emploi, Jenny dispose en tout et pour tout chaque mois d'une maigre allocation de chômage. Engloutir une très grosse somme dans l'achat de La Jonchère lui paraît extravagant.

En même temps, Gérard mesure la force de son attachement à mon égard. Jenny désire éperdument m'assurer la possibilité de vivre à La Jonchère jusqu'à la fin de mes jours. D'une certaine façon, elle achète La Jonchère pour me l'offrir. Dès lors, toute autre considération passe au second plan. C'est l'affect qui parle, voire l'irrationnel, et après tout, chacun a le droit de disposer de son argent comme il l'entend.

Au total, Jenny réussit l'épreuve avec mention très bien. Virginie, qui a mené ses propres investigations, partage l'avis de Gérard. Tous deux pensent que c'est une excellente chose que j'aie quelqu'un de jeune auprès de moi. Ils savent que je me suis toujours efforcée de regarder vers l'avenir, plutôt que de m'attarder sur ce qui a été et n'a aucune chance de se reproduire.

Virginie m'avouera pourtant que, durant notre séjour à Grasse, elle a été troublée de voir Jenny souvent collée à moi, m'embrassant, me tenant la main, me caressant le dos. Je tempère.

« C'était un comportement enfantin, elle me considérait comme sa mamie. Il n'y avait rien d'ambigu là-dedans, je ne l'aurais jamais toléré. »

Virginie insiste. Comme Marie-Annick, elle pense que Jenny était amoureuse de moi. Rétrospectivement, elle porte sur toute cette affaire un jugement catégorique : « C'est une histoire d'amour qui a mal tourné. »

Un souvenir lui revient. Jenny, elle l'avait remarqué, n'avait jamais de cash sur elle. Elle sait, pour les avoir beaucoup fréquentés, que c'est une fâcheuse manie chez les gens fortunés. Prenez un café avec quelqu'un de riche, neuf fois sur dix, au moment de régler l'addition, il tâtera ses poches et vous dira d'un air navré : « Désolé, je n'ai pas de monnaie. »

Persuadée qu'elle est millionnaire, elle n'est donc pas surprise le jour où, demandant à Jenny qui descend en ville de lui prendre une boîte de Doliprane à la pharmacie, celle-ci confesse qu'elle n'a pas un sou sur elle. Virginie lui donne alors un billet. Jenny en profite pour effectuer des achats personnels et ne lui rend jamais la monnaie.

Par un singulier effet déformant, ce qui aurait pu éveiller les soupçons de Virginie – cette gamine n'a pas un radis – sert au contraire à la renforcer dans l'idée qu'elle est riche, puisqu'elle a la désinvolture et la pingrerie de ceux qui ont de l'argent – certains d'entre eux tout au moins.

Quoi qu'il en soit, lorsque, vers la fin du séjour, je demande une dernière fois à Virginie et Gérard ce qu'ils pensent de Jenny, ils me répondent d'une seule voix : « C'est un cadeau du Ciel ! » Comme Paul m'avait dit : « Cette fille est fantastique ! Tu as beaucoup de chance. »

Je regagne Paris, tranquillisée.

De retour à La Jonchère, nous fêtons en léger différé Noël et le jour de l'An, échangeant des cadeaux et formant des vœux pour 2013. Se retrouvent avec moi ceux qui m'entourent quotidiennement et mes très proches, au fond toute ma famille, à laquelle s'est jointe, pour la première fois, Jenny.

Le Dr Bertrand et Nicole arrivent les bras encombrés d'un énorme carton. On s'assemble, Patrick déballe le paquet. Douillettement niché dans un cocon de papier bulle et de polyester apparaît un objet grisâtre à l'aspect rébarbatif. « Une imprimante couleur ! » dit-il, du ton dont on présente un invité de marque. Léger froid. Un cadeau est un cadeau et seule l'intention compte, mais tout de même, quelle étrange idée ! Je fais de mon mieux pour dissimuler ma surprise et remercie avec enthousiasme les Bertrand – Chic, une imprimante couleur ! – qui paraissent très satisfaits de leur idée, comme s'ils ne doutaient pas un instant d'avoir visé juste. « Laser, Wi-Fi, multifonctions », précise Patrick, ces détails étant apparemment susceptibles de me faire atteindre le nirvana.

Marie-Annick et Jacinthe me diront plus tard qu'elles ont échangé toutes les deux un regard perplexe. Marie-Annick est d'autant plus étonnée que d'ordinaire, à l'approche de Noël, elle reçoit un coup de téléphone du Dr Bertrand lui demandant quel cadeau pourrait me faire plaisir. Cette année, rien. N'est-ce pas étrange ?

Je connaîtrai après les événements le fin mot de l'histoire. Noël arrivant, Patrick et Nicole se sont interrogés, un jour où Jenny dînait chez eux, sur le cadeau qu'ils allaient me faire. Patrick, comme d'habitude, a dit qu'il allait appeler Marie-Annick. Immédiatement, Jenny est intervenue. Elle sait, dit-elle, ce qui me fera très plaisir : une imprimante couleur. Il n'y en a pas à La Jonchère, sinon une vieille bécane obsolète. Selon Jenny, je m'en serais plainte et souhaiterais au plus vite m'équiper d'un matériel moderne. Les Bertrand sont un peu surpris, une imprimante n'est pas forcément le cadeau que l'on rêve d'offrir, mais Jenny finit par les convaincre. Elle se rend d'ailleurs avec eux dans un magasin spécialisé et désigne précisément le modèle qui convient.

Ce qui explique que lorsqu'ils arrivent ce soir-là à La Jonchère, portant le lourd paquet, ils sont persuadés qu'ils vont me combler et ne prêtent pas la moindre attention à l'embarras qu'a fait naître leur étrange cadeau.

Cette imprimante, on va le voir, jouera un rôle essentiel par la suite. Le lendemain de ce jour, Jenny propose que l'appareil soit provisoirement installé dans sa chambre, afin qu'elle puisse se familiariser avec son fonctionnement. J'accepte de bon cœur. Je n'ai pas encore aménagé le bureau dont je dispose maintenant à La Jonchère et n'ai aucune envie de voir ce monstre trôner au milieu du salon.

C'est peu après que se déroule l'incident dont Jenny se plaindra amèrement au Dr Bertrand. Un jour, Marie-Annick entre par mégarde dans sa chambre. Elle est en sous-vêtements, ce qui, on l'imagine, n'impressionne guère Marie-Annick. Mais Jenny, très fâchée, en tire argument pour fermer dorénavant sa chambre à clé, qu'elle l'occupe ou pas. C'est un pas supplémentaire dans l'exécution de son plan.

Apportant une nouvelle pièce au puzzle, Nicole me raconte que dans cette même période de Noël, elle est allée faire des courses avec Jenny au centre commercial Parly 2. Jenny désirait choisir le cadeau qu'elle me destinait, un bijou, avait-elle précisé. Arrivées là-bas, Nicole propose à Jenny de l'accompagner, il est parfois difficile de choisir toute seule. Jenny décline son offre. Elles se donnent rendez-vous un peu plus tard et chacune part de son côté. Lorsqu'elles se retrouvent à l'heure convenue, Jenny paraît radieuse. Montrant une boîte frappée de la marque du grand joaillier Mauboussin – qui dispose d'un rayon au Printemps –, elle dit qu'elle a trouvé exactement le genre de bijou qui me ferait plaisir. Par ailleurs, elle s'est procuré, dans une boutique spécialisée, un papier d'un grain tout à fait particulier qu'elle destine à la fameuse imprimante dont les Bertrand vont me faire cadeau. Nicole ne comprend pas pourquoi cette machine prétendument ultramoderne exige l'emploi d'un papier à ce point sophistiqué, mais comme le sujet ne l'intéresse pas vraiment, elle laisse la question de côté.

L'imprimante, la chambre fermée à clé, le papier… Peu à peu, le dispositif se met en place.

Le bijou que Jenny m'offre, dans son coffret de chez Mauboussin, le soir de la fête à La Jonchère, est un petit cœur en argent serti de brillants. Je suis très touchée – et un peu gênée. N'est-ce pas bien trop coûteux pour Jenny ?

Ici, je m'interroge. Comment se fait-il que je puisse m'inquiéter du prix, alors que Jenny est censée se trouver à la tête d'une fortune, sinon considérable, du moins très confortable ? Certes, le bijou est joli, certes il semble provenir d'une grande maison, mais il reste relativement simple et son prix, selon toute vraisemblance, est parfaitement adapté aux moyens supposés de Jenny.

Or Sandra, ma répétitrice, avec qui je travaillais quotidiennement à ce moment-là, puisque nous préparions la reprise d'*Harold et Maude*, se souvient de m'avoir entendue dire, tout en lui montrant le bijou : « Regarde ce que la petite m'a offert. C'est de la folie ! »

Tout se passe comme si je n'avais jamais complètement intégré l'idée d'une Jenny riche, comme si c'était un élément qui était resté pour moi vague, théorique, artificiel, sans rapport avec la Jenny que j'avais fréquentée pendant dix ans, associée, ainsi que sa maman, à une image de mérite, de labeur, de revenus modestes et de fins de mois serrées.

Se pourrait-il qu'il y ait, à l'intérieur de notre cerveau, des compartiments soigneusement cloisonnés, l'un percevant ce que l'autre ignore ? À étudier mon comportement tout au long de cette affaire, je pourrais le croire.

Mais ce n'est pas tout. Au premier coup d'œil, Marie-Annick, voyant le bijou que m'a offert Jenny, en a la certitude : le coffret seul sort de chez Mauboussin, le petit cœur est un modèle de chez Swarovski. Pourquoi en est-elle aussi sûre ? Parce qu'elle a songé elle-même à me l'offrir – sans en dissimuler l'origine, cela va de soi. Swarovski ou Mauboussin, cela n'enlève rien aux mérites du bijou, mais le prix n'est pas le même et la tentative de le faire passer pour un objet de valeur est pour le moins inélégante.

Marie-Annick, très embêtée, s'en ouvre à Nicole. D'un commun accord, les deux femmes décident de garder le silence. Pour ne pas me peiner autant que pour éviter d'humilier Jenny.

Voilà comment, de pieux mensonges en précautions excessives, personne n'a tenté de bloquer un processus que finalement rien, jusqu'à son terme, n'est venu contrarier.

On me dira : mais vous, Line Renaud, vous n'avez pas été capable de faire la différence entre un colifichet de chez Swarovski et un bijou de prix ? À cela, je répondrai que lorsqu'on m'offre un cadeau, je ne me préoccupe pas en premier lieu de son prix ni de savoir s'il porte une marque prestigieuse. J'ajouterais que je sais d'expérience que rien ne ressemble plus à un vrai bijou qu'une copie de qualité.

Je voue même une certaine gratitude aux bijoux volés depuis que l'un d'eux m'a permis de me tirer d'un bien mauvais pas.

Nous sommes en 1980, je dîne avec une dizaine d'amis à L'Orangerie – non pas le restaurant de mes amis à Los Angeles, mais le modèle, celui de Jean-Claude Brialy, rue Saint-Louis-en-l'Île. Je porte au doigt une bague sertie d'un très beau diamant blanc-bleu offerte par Loulou pour mes trente ans. Vers la fin du repas, alors que certains des convives ont déjà quitté la table, je m'aperçois avec horreur que le diamant a disparu. Non pas la bague tout entière, le diamant seulement, échappé de son logement. Affolement, confusion, chacun se met à quatre pattes, inspecte la moquette, passe sa main au creux des fauteuils et des banquettes, et naturellement, formule des hypothèses. Perdu ? Volé ? Mais comment, mais par qui ? Les serveurs vident les poubelles, trient minutieusement les reliefs de nourriture, à quatre heures du matin, nous cherchons encore. Thierry Le Luron a passé la soirée avec nous. Il a emmené avec lui son chien Teddy qu'il adore. C'est un glouton, n'a-t-il pas gobé la pierre précieuse ?

Nous réveillons le vétérinaire Michel Klein qui fait passer une radio à la pauvre bête. Aucune trace du diamant. Mais, nous met en garde le célèbre praticien, il n'est pas certain qu'une pièce aussi pure laisse la moindre trace sur une radiographie.

Thierry, consterné par l'incident, s'astreindra pendant trois jours à inspecter consciencieusement les selles de son animal favori, dans l'espoir de voir ressurgir le joyau. Peine perdue. Il faut se rendre à l'évidence : le diamant blanc-bleu a définitivement disparu. Loulou, philosophe, trouve qu'il y a plus grave dans la vie et en fait exécuter une excellente copie que je porte au doigt pendant dix ans sans que personne se dise : « Tiens, ça va mal pour Line Renaud, elle porte des faux bijoux, maintenant ! »

Mais l'histoire ne s'arrête pas là.

Un dimanche, à La Jonchère, tandis que Loulou regarde un match de football à la télévision – une finale de coupe d'Europe entre Belgrade et l'Olympique de Marseille, me semble-t-il –, je me promène dans le parc avec maman. Soudain Otto, notre berger allemand, se met à aboyer et file vers les rhododendrons en contrebas. Nous nous approchons pour voir ce qui motive ses protestations. C'est alors qu'émergent des feuillages deux hommes cagoulés. L'un brandit une bombe lacrymogène, l'autre est armé d'une batte de base-ball. Loin de nous défendre, Otto cesse immédiatement d'aboyer et frétille de la queue. Lui qui ne se lasse pas de ramener les bâtons qu'on lui lance imagine que la batte de base-ball est faite pour jouer et s'en régale d'avance. L'un des deux types, celui qui tient la bombe lacrymogène, saisit maman par la taille. Elle se débat en criant de toutes ses forces et arrache la cagoule de son assaillant, dévoilant le visage d'un gamin d'une vingtaine d'années, un blondinet aux yeux bleus qui n'en mène pas large.

« Maman, cesse de crier ! » dis-je d'un ton très calme et, retirant ma bague, je la tends au jeune homme : « Lâchez ma mère, monsieur, et prenez ma bague. C'est un diamant blanc-bleu 9 carats, vous en tirerez un bon prix. »

Désarçonné – et dévoré de trouille –, le blondinet hésite un peu, puis s'emparant du bijou, file au travers des rhododendrons, suivi de son camarade. Nous n'en avons plus jamais entendu parler.

On comprendra que je tienne, depuis, les faux bijoux en haute estime.

*

L'année 2012 s'est achevée. Je la vois s'éloigner sans regret. Une année certes marquée par le succès d'*Harold et Maude*, mais aussi une année de doute et d'inconfort physique et moral, au cours de laquelle il m'a fallu mobiliser toutes mes ressources d'optimisme et d'énergie pour ne pas sombrer. Car si j'ai parlé des préoccupations que me donnait ma santé, je n'ai pas encore abordé un point autrement douloureux. Je veux parler de la rupture avec Hervé, mon plus proche collaborateur pendant trente ans.

Parmi toutes les raisons qui ont contribué à me fragiliser durant cette période et qui peuvent expliquer ma vulnérabilité, celle-ci a sans doute été la plus décisive.

Chapitre sept

Que seriez-vous sans moi ?

« Qu'est-ce que vous êtes allée inventer encore ! Toutes ces choses compliquées qui traînent dans votre tête ! »

Nous sommes en 2011. Hervé vocifère au téléphone, en proie à l'une de ces crises dont il est coutumier depuis quelques années. J'essaie de le ramener à la raison, de le faire atterrir en douceur. J'y parviens quelquefois, à force de patience.

« Hervé, s'il te plaît, tu te calmes. On arrête là. »

Il redouble de fureur. « Oui ! On arrête là ! » hurle-t-il, hors de lui.

Soudain je perds mon sang-froid. C'est trop injuste, j'en ai marre à la fin. Marre de supporter ses crises, marre d'endurer sa tyrannie. À mon tour de crier :

« Eh bien d'accord, Hervé, on arrête là ! »

Et je raccroche, mettant fin à trente ans d'étroite collaboration, d'enthousiasmes partagés, de fous rires complices et d'affection sincère. Hervé ne le sait pas encore. Il pense que je vais laisser passer un jour ou deux, puis que je le rappellerai mine de rien. Car c'est toujours moi qui rappelle. Lui ne s'excuse jamais. Trop orgueilleux, trop bloqué pour reconnaître qu'il a eu tort, qu'il a passé les bornes.

Mais cette fois, je ne rappelle pas. C'est fini pour toujours.

Comment en est-on arrivés là ?

*

Octobre 65, de retour de mon premier séjour à Las Vegas, j'atterris à Orly. Une foule est venue gentiment m'accueillir. Au premier rang, ma mère, ma grand-mère, M. Varna, le directeur du Casino de Paris, où commenceront bientôt les répétitions de ma nouvelle revue, « Désirs de Paris ». Je remarque une joyeuse bande de jeunes gens qui agitent des ballons en forme de cœur, bleus, rouges, argents. Ils chantent, applaudissent, envoient des baisers, ils sont exubérants et drôles. C'est, me dit-on, mon nouveau club de fans. J'apprends vite à les connaître. Leur leader : Hervé Saouzanet. Il a dix-neuf ans, il vient de Brest. D'origine très modeste, quatrième d'une fratrie de six garçons, il gagne sa vie en exerçant divers petits boulots : employé de vestiaire aux Folies-Bergère, vendeur au rayon homme à la Samaritaine… Sa passion : le music-hall. C'est une encyclopédie vivante de la chanson. Tous les genres, toutes les époques, tous les pays, il sait tout de la chanson, auteurs, compositeurs, interprètes. Il est intelligent, plein d'humour, créatif. À sa façon, c'est un artiste, comme le sont ses amis qui deviennent les miens. Denis Goise est journaliste, Jean-Pierre Chanteuil exploitant de salle de cinéma. Gérard Castaldi, lui, est couturier, il dessine des modèles, travaille pour de grandes maisons.

Ensemble ils ont monté une troupe de travestis et nous invitent, Loulou et moi, à suivre une répétition dans l'appartement de Castaldi, avenue de Clichy. Vers deux heures du matin, la police sonne à la porte, alertée par les voisins qui se plaignent du raffut. C'est Hervé qui ouvre, déguisé en Dalida, perruque, faux cils, robe en strass et paillettes. Stupéfaction des braves fonctionnaires de police. Mais quel n'est pas leur effarement quand ils découvrent Line Renaud et Loulou Gasté assis par terre dans le salon, au milieu d'hommes plus ou moins déshabillés. Nous leur offrons un verre, ils se détendent et finissent par nous demander s'ils peuvent assister au spectacle. Nous leur faisons une place, ils s'assoient avec nous, nous nous quittons à l'aube, les uns et les autres enchantés de notre soirée.

Ce que j'apprécie chez ces garçons, c'est leur exigence. Ils osent donner leur avis, n'hésitent pas à me critiquer. « Vous n'êtes pas assez coquette », me dit Gérard Castaldi. Alors que je suis retournée aux États-Unis depuis plusieurs mois, il apprend que je dois faire un reportage avec Armand Jammot pour une émission très populaire de l'ORTF, « Aujourd'hui Madame ». Vite, il m'alerte : « Les femmes ne s'habillent plus du tout de la même façon à Paris, il faut que vous soyez à la mode. » Moi qui, sans me poser de question, pensais faire l'interview en jean et chemise assortie, je tombe des nues. Ah bon, la mode a changé en mon absence ?

Il m'adresse un dessin que je fais exécuter par la couturière du spectacle. Le jour de l'émission, j'apparais en short et jupe longue fendue, chaussée de demi-bottes. « Tu étais très chic », me téléphonent mes amies depuis Paris.

Plus tard, en 1975, alors qu'à la demande de la princesse Grace, je m'apprête à remplacer la grande Joséphine Baker, décédée en avril, dans la revue d'été du Sporting à Monte-Carlo, Gérard me met de nouveau en garde : « Vos paupières tombent, il faut les faire tirer. » Là, je proteste. Un short et une jupe à la place d'un jean, je veux bien. Mais avoir recours à la chirurgie esthétique, jamais ! Je l'envoie balader. Quelques mois plus tard, peu avant de remonter sur la scène du Casino de Paris pour la revue « Paris-Line », je capitule et me fais opérer, pour la plus grande satisfaction de ma mère. « On ne voyait plus tes jolis yeux bleus, je n'osais pas te le dire... »

*

J'avais fait embaucher Hervé aux costumes pour « Paris-Line ». Lorsque la revue prend fin, après quatre années de succès, je l'engage définitivement comme secrétaire. Il demeurera à mes côtés pendant trente ans. Hervé est un instinctif, une grande complicité nous unit. Il me devine, parfois il me devance. Avant même qu'il ne travaille régulièrement avec moi, il s'est révélé particulièrement précieux par ses conseils artistiques. Comme moi, il est à l'affût de ce que j'appelle le « pas au-dessus », la chose que je n'ai pas encore faite et qui me fera progresser. Sans cesse, il m'encourage : « Line, vous pouvez le faire. » Malin, il prend bien garde de ne pas entrer en compétition avec Loulou, qui aurait tôt fait de l'envoyer sur les roses : « Les conseils, c'est moi ! » Car Loulou, dont le grand-père maternel était italien, est horriblement jaloux, en tant qu'homme, en tant que compositeur et plus encore en tant que Pygmalion, même s'il rejette le terme avec la dernière énergie. C'est donc en toute discrétion qu'Hervé me suggère de faire appel à de nouveaux auteurs auxquels, à juste titre, il trouve énormément de talent : Michel Berger, Jean-Jacques Goldman entre autres.

« Mais, Hervé, lui dis-je, c'est impossible, Loulou ne le tolérera pas !

— Dans un 45-tours, il y a la face A et la face B, insiste Hervé. Sur la face A, vous mettez une chanson de Goldman ou de Berger, sur la face B, une chanson de Loulou. »

Je n'oserai jamais franchir le pas, de peur de blesser mortellement Loulou. Ma décision d'abandonner progressivement la chanson pour la revue, puis pour la comédie, découle en partie de ce dilemme : renouveler entièrement mon répertoire, travailler avec de jeunes auteurs et me fâcher avec Loulou, ou conserver le même style de chanson, en partie passé de mode, et me condamner à stagner. J'ai fait mon choix, le choix de l'amour, et je ne le regrette pas.

*

Je dois beaucoup à Hervé. Beaucoup mais pas tout. Les années passant, il a de plus en plus de mal à l'admettre. Peu à peu, il pense, il décide, il parle pour Line Renaud. À l'adoration se mêle une certaine condescendance à mon égard. « Que seriez-vous sans moi ? » semble-t-il penser quand j'ose formuler la moindre remarque. Il m'isole, il fait barrage, il devient exagérément possessif.

« Je déteste les secrétaires qui se prennent pour les patrons ! » peste-t-il quand il raccroche le téléphone après s'être fait rembarrer par un sous-fifre qui abuse de son pouvoir. Sans s'en rendre compte, il se comporte exactement de la même façon. Combien de fois, l'entendant s'adresser sèchement à un interlocuteur dont je connais l'identité, je rappelle dans son dos pour arrondir les angles, honteuse qu'on puisse penser que je suis à l'origine d'un accueil aussi désobligeant.

La disparition de Loulou – dont il avait une trouille bleue – le libère définitivement. Désormais, il n'a plus à se contraindre.

Mais c'est très précisément lorsqu'il atteint la soixantaine que tout bascule. Que se produit-il alors dans son esprit, de quelle frayeur est-il saisi ? Il aime les jeunes gens, il ne s'en est jamais caché. Est-ce la crainte de ne plus pouvoir séduire, d'être rejeté, moqué, abandonné qui le plonge dans cet état de rage intérieure ?

Je me souviens avec tristesse du 17 août 2005, jour de ses soixante ans. J'arrive rue du Bois-de-Boulogne, il est assis dans la pénombre. Je l'embrasse affectueusement, je lui souhaite un bon anniversaire et j'ajoute, pour mon malheur : « Veinard, tu vas avoir droit à la carte senior ! » Je dois reconnaître que ma plaisanterie n'est pas d'une particulière finesse. De là à déclencher un tel drame… Il hurle, il tempête, je me confonds en excuses, je ne sais comment l'apaiser.

Quelques jours plus tard, j'organise à son intention une grande fête à La Jonchère. J'ai fait dresser une tente sur la pelouse, mon ami Didier Rabes l'a très joliment décorée, le meilleur traiteur de Paris a préparé un somptueux repas, soixante invités sont présents, les meilleurs amis d'Hervé, répartis autour de six tables. Tout le monde est installé, attendant le héros du jour. Très émue, je saisis son bras et l'entraîne, tandis qu'un orchestre joue les premières notes de « *Happy Birthday to You* ». En ai-je trop fait, bien involontairement ? C'est possible. Au moment où nous allons franchir le seuil de la tente, il me repousse violemment.

« Lâchez-moi ! » rugit-il.

Je demeure pétrifiée. La fête est gâchée. Hervé s'installe à l'écart et ne desserre pas les dents de toute la soirée.

Que seriez-vous sans moi ?

*

Entre le « Lâchez-moi ! » d'Hervé et le moment où je lui ai dit « Eh bien d'accord, Hervé, on arrête là ! », il s'écoule six ans. Six années où je dois marcher sur des œufs, dépenser des trésors de diplomatie et tourner sept fois ma langue dans ma bouche pour éviter toute parole susceptible de m'attirer ses foudres. Mais nos relations connaissent aussi, Dieu merci, des périodes d'accalmie. Hervé redevient alors, pour un temps, l'ami fidèle et le précieux collaborateur qu'il a si longtemps été à mes côtés.

Toujours attentif à ma carrière, toujours à l'affût de nouveaux défis, c'est lui qui me dit un jour :

« Line, vous devriez rechanter.

— Mais voyons, j'ai arrêté depuis trente-deux ans ! »

Insensible à mes protestations, balayant mes doutes, il se met au travail, associant à l'entreprise Jean-Valère Albertini, longtemps directeur artistique chez Sony.

« Il vous faut du bon matériel. On va vous le trouver », déclarent-ils tous deux, remplis d'ardeur.

Du bon *matériel*, en termes de métier, cela signifie de bonnes chansons. Ils contactent des paroliers et des compositeurs auxquels je n'aurais même pas osé rêver : Alain Chamfort, Christophe Maé, Grand Corps Malade, Jean-Loup Dabadie, Julien Clerc, Mylène Farmer et bien d'autres, que je m'excuse de ne pas citer. Tous acceptent et m'écrivent des textes et des musiques sur mesure. Il règne autour de ce projet une atmosphère d'enthousiasme et d'amitié que j'ai rarement rencontrée. J'écoute les maquettes dans le petit bureau de Jean-Valère, rue Bouchardon. Le *matériel* est très excitant. Pourtant, je ne suis toujours pas convaincue. Faut-il faire ce disque, faut-il prendre ce risque ? Comme d'habitude, j'attends un signe, et qui pourrait me l'adresser sinon Loulou ? N'a-t-il pas son mot à dire, dans ce domaine plus que tout autre ? Le temps passe, Hervé et Jean-Valère foncent sans s'émouvoir. Un jour, ils m'annoncent que l'album sera réalisé par Dominique Blanc-Francard et enregistré aux studios de la rue Washington. Double signe ! Loulou adorait Dominique, dont il disait qu'il était le meilleur ingénieur du son français, et c'est au 14 de la rue Washington que j'ai rencontré Loulou pour la première fois, à dix-sept ans.

Le contrat est enfin signé le 20 mai 2010. Produit par mes amis Thierry et Rose-Hélène Chassagne pour Warner, l'album se fait, porté par le climat de grâce qui l'accompagne depuis l'origine. Hervé, sans conteste, en aura été l'initiateur et, avec Jean-Valère, l'un des principaux artisans. Sans lui, jamais je n'aurais imaginé ce retour – et en même temps cet adieu – à la chanson. Mais lorsque les 24 et 25 mai 2011, je chanterai à L'Olympia pour la première fois de ma carrière, Hervé, dont c'était le vœu le plus cher, ne sera pas dans la salle. Entretemps il y aura eu cette petite phrase, « On arrête là ! », qui aura mis fin à trente ans de complicité. Je l'avais invité, bien sûr. Il n'a pas répondu. Un ami m'a assuré qu'il l'avait aperçu le soir de la première, boulevard des Capucines. Il était venu, seul, dissimulé, voir mon nom au fronton du célèbre music-hall, et la foule qui se pressait aux abords. Mais il n'était pas entré.

Début août 2014, j'apprends qu'Hervé, victime d'un AVC, est hospitalisé à Bichat. Je me rends à son chevet, accompagnée de Dominique Besnehard. Nous arrivons vers trois heures de l'après-midi. La porte de sa chambre est ouverte. Il est étendu, fixant le téléviseur accroché au mur face à lui. Son visage est violacé, ses yeux exorbités, les veines de son coup sont tendues. Il regarde ou semble regarder sur l'écran une chanteuse blonde et paraît furieux, comme lorsque se préparait l'une de ses crises dévastatrices auxquelles il était devenu incapable de résister. Je me tiens sur le seuil de la chambre, impressionnée par son état. Soudain, il tourne la tête et j'aperçois une brève lueur dans son regard. Me reconnaît-il ? Je l'ignore. Je crois sentir chez lui une certaine perplexité, comme s'il se demandait si c'était bien moi qu'il apercevait, en chair et en os, ou s'il me voyait sur l'écran du téléviseur.

Je m'avance, suivie de Dominique aussi ému que moi. Je m'assois à côté du lit, saisis sa main droite.

« Hervé, c'est moi, c'est Line. »

Aucune réaction, sauf deux doigts de la main gauche qui tapotent un peu le drap. Je fais le tour du lit, passe ma main sous cette main qui semble encore capable de réagir.

« Hervé, c'est moi qui suis là… »

Je sens deux courtes pressions sur ma paume.

J'aime à penser qu'il m'a répondu.

Quelques jours plus tard, le 10 août, Hervé meurt d'un cancer du poumon. Il fumait depuis l'âge de dix-sept ans trois paquets de Gitane sans filtre par jour.

En juin de l'année suivante, je tourne à Brest un téléfilm de Xavier Durringer, *Rappelle-toi.* J'en profite pour rencontrer Jean, le frère d'Hervé, et lui demande de me montrer l'endroit où ses cendres ont été dispersées. Je m'y rends un matin, quelques roses à la main. Jean m'explique qu'à la Libération, toute la famille a habité sur le plateau du Bouguen, dans des baraques fournies par les Américains pour héberger la population de Brest, ville détruite à soixante-quinze pour cent pendant la guerre.

Hasard, malice du destin, Mado, le personnage que j'incarne dans le film, a elle-même logé, adolescente, dans l'une de ces baraques après les bombardements.

« Je ressens un lien très fort avec cet endroit, me fait dire le dialogue. C'est curieux, je ne reconnais plus rien, mais tout est là… »

Hommage involontaire à Hervé qui a vécu en ces lieux jusqu'à son départ pour Paris, en 1965, où nos destins se sont croisés.

Je dépose mes fleurs blanches et repars vers le tournage, à la fois triste et apaisée. Réconciliée.

*

Autant je me souviens fort bien d'Hervé agitant un ballon en forme de cœur à ma descente d'avion, à Orly, en 1965, autant j'ai oublié quand et dans quelles conditions j'ai rencontré Colette pour la première fois.

C'est maman qui me l'a présentée, de cela au moins je suis certaine. Elle est vendeuse dans un magasin de lingerie, rue Washington, juste en face des bureaux de Loulou, et ma mère s'est prise d'affection pour elle. En réalité, Colette, qui rêve de travailler aux Éditions

Micro, n'a rien négligé pour faire sa conquête. Si bien qu'un jour, ma mère me dit :

« Ma petite Jacqueline – maman ne m'a jamais appelée Line –, tu cherches une secrétaire ? Vois Colette. C'est une fille formidable. Elle est l'aînée de huit enfants, elle s'est faite toute seule. Elle a travaillé un an au pair à Londres pour apprendre l'anglais, elle peut te rendre de grands services. »

Je la rencontre, elle ne m'emballe pas, c'est le moins qu'on puisse dire. Certes, je ne cherche pas une *pin-up* – selon l'expression consacrée à la fin des années 50 –, mais Colette est franchement rébarbative. Et bien qu'elle fasse un effort pour paraître sous son meilleur jour, je la trouve revêche. Ma mère, totalement sous son emprise, insiste.

« Prends-la, je t'en supplie, ne t'arrête pas à la première impression ! »

Je finis par céder et l'engage. Loulou, qui aime les jolies filles, s'étrangle. Le politiquement correct n'est pas encore de mise et je préfère passer sous silence les réflexions que lui inspire son physique.

La vérité m'oblige à dire que Colette travaille très bien – ou plutôt, connaissant la suite, j'écrirais qu'elle semble très bien travailler. Elle sait se rendre indispensable, son mode de fonctionnement fait qu'elle l'est indiscutablement. Très maniaque, elle range et classe selon un système parfaitement inintelligible pour tout autre qu'elle. Si bien que pour trouver le moindre papier, la moindre information, il est nécessaire de la consulter. D'un bout à l'autre de la journée, ce n'est qu'un refrain : « Demandez à Colette », « Voyez Colette », « Qu'est-ce qu'on ferait sans Colette ? » Loulou lui-même, bien qu'il conserve une certaine réserve, et même une certaine aversion à son égard, est obligé de convenir qu'elle rend de grands services. On tolère ses travers – elle est autoritaire, butée, médisante –, on s'habitue à son physique, peu s'en faut qu'on lui trouve du charme.

Secrétaire particulière, Colette est nécessairement très proche de moi. Sans qu'elle soit ma confidente, elle connaît beaucoup de choses de ma vie. Son jugement n'est pas dénué de finesse, elle respecte certaines limites et son influence, indéniable, reste discrète.

Après la mort de son mari, maman, qui vivait rue Ruhmkorff, s'installe avec ma grand-mère dans l'appartement au-dessus des studios, rue du Bois-de-Boulogne. Colette est célibataire, maman lui propose de partager leur logement. Colette accepte aussitôt. On pourrait croire qu'elle devient par là même en partie dépendante de ma mère. C'est au contraire l'amorce d'une situation perverse qui placera ma mère

– et par ricochet, ma grand-mère – dans la dépendance de Colette.

Fin 1963, je pars à Las Vegas pour ma première revue. Malgré le succès, mes débuts américains sont très difficiles. La solitude m'est insupportable, la France me manque, Loulou me manque, La Jonchère me manque, mes roses me manquent. Malgré Jackpot, mon merle des Indes, à qui j'ai appris à siffler « La Marseillaise », et Nounouche, mon adorable petite chienne de trois mois, malgré la maison magnifique que j'habite sur Tropicana Avenue, je me sens dans un état pitoyable.

Deux fois par jour, j'appelle La Jonchère, tantôt Loulou, tantôt maman. Avec celle-ci, les conversations sont réduites à l'essentiel. Maman, obsédée par le coût des communications, me répète sans cesse « Raccroche, tu vas te ruiner ! ». Lorsque que je lui demande comment ça va, elle répond :

« T'inquiète pas, ma poulette, tout va bien.

— Et à La Jonchère ?

— Tout va bien.

— Et à Paris, qu'est-ce qui se passe ?

— Pas grand-chose. »

Avec Loulou, les échanges sont un peu plus étoffés, mais les hommes, chacun le sait, ne savent pas raconter. Je veux dire, comme nous racontons, nous autres femmes, avec tous les détails, sans rien omettre. Ils simplifient, abrègent et semblent n'avoir qu'une envie : raccrocher le plus vite possible.

Colette, avec une intuition fantastique, comprend que j'ai un besoin vital de respirer l'air de Paris, d'apprendre ce qui se dit, ce qui se fait, ce qui se prépare. D'être associée à la vie du bureau, des éditions, du studio, de toutes ces activités que nous avons développées dans l'enthousiasme avec Loulou, depuis vingt ans. D'avoir de vraies nouvelles de ma mère, de ma grand-mère, de La Jonchère. De savoir comment se portent les cèdres bleus que nous avons plantés devant la maison, les arbres fruitiers qui font l'orgueil de Loulou, les légumes que Fernand cultive amoureusement.

De sa propre initiative, Colette entreprend de me faire un compte rendu hebdomadaire de la vie à Paris. Des lettres de huit à douze pages que j'ai retrouvées récemment. Un véritable rapport, jour par jour. Pour moi, c'est absolument précieux, parce que en Amérique, à cette époque et sans doute encore maintenant, il faut vraiment chercher à la loupe pour trouver, dans les journaux, à la radio ou à la télévision, des nouvelles politiques, artistiques ou autres concernant la France. Les Américains s'en fichent complètement. Quant aux journaux de Paris, ils arrivent avec au minimum une semaine de retard et franchement, les lettres de

Colette sont bien plus vivantes que les articles du *Monde* ou du *Figaro.*

Mais les pages sur lesquelles je me précipite en priorité, ce sont celles où elle dresse la chronique des événements qui se sont déroulés au bureau ainsi qu'à La Jonchère. Colette, avec ses lettres fleuves, me permet de garder le contact avec la part vivante de mon existence, la seule qui compte vraiment à mes yeux. De là l'importance exceptionnelle qu'elle prend dans ma vie.

Ce que j'ignore, c'est la place tout aussi exceptionnelle qu'elle s'est taillée à Paris, aussi bien rue du Bois-de-Boulogne qu'à La Jonchère. Peu à peu, elle s'est approprié de façon insidieuse le bureau, les éditions, la maison. Elle contrôle tout, elle régente tout, s'abritant derrière mon autorité supposée. Car, prétend-elle, elle ne fait qu'appliquer mes ordres. Loulou et maman en souffrent, mais gardent leurs réflexions pour eux – la communication entre les deux êtres que j'aime le plus au monde n'a jamais été bien fameuse – et naturellement, ils évitent soigneusement de m'en faire part, de crainte de m'importuner.

C'est ainsi que Colette passe tous ses week-ends à La Jonchère, au grand déplaisir de Loulou. Lorsqu'il lui laisse entendre qu'il peut parfaitement se débrouiller tout seul, elle lui répond : « Loulou, c'est Line qui me le demande ! » Plus tard, il me dira : « Mais pourquoi tu m'as imposé Colette tous les week-ends ? » Ce à quoi je lui répondrai, très surprise :

« Je ne t'ai rien imposé du tout. Tu étais suffisamment grand pour lui dire que tu n'avais pas envie de l'avoir sur le dos.

— Elle me disait que si je t'en parlais, tu serais folle de rage », m'avoue-t-il, avec une pointe de honte.

Implacable mécanisme de la mythomanie. Ce que le mythomane affirme, il le croit vrai. Et moins ses mensonges sont contestés, plus ils deviennent vérité à ses yeux et l'incitent à élaborer un récit sans cesse plus téméraire. Comme un jongleur qui ajoute, au fur et à mesure, une balle supplémentaire à un exercice déjà périlleux.

Au fond, la situation est idéale pour Colette. Je suis loin, elle mène la barque à sa guise, m'utilise comme caution – et à l'occasion comme épouvantail –, personne n'ose la contredire. Sa seule inquiétude est de me voir rentrer en France. Elle m'en dissuade régulièrement. « Vous êtes bien, là-bas, m'écrit-elle. On vous aime. Ici, les gens sont si méchants ! »

Elle éprouve tout de même une belle frayeur lorsque Loulou s'éprend d'une danseuse du Crazy Horse baptisée Bonita Super par Alain Bernardin, le maître des lieux. Voilà qui risque de rompre le statu quo. Alarmée, elle me téléphone, des sanglots dans la voix : « Loulou est amoureux ! » L'idylle tourne court, tout rentre dans l'ordre et Colette retrouve intactes ses prérogatives.

Pourtant, en 1973, l'aventure américaine prend fin. L'une de mes chansons, « Bye-Bye », écrite par Serge Lama sur une musique de Loulou est un grand succès, ma maison de disques, CBS, désire que j'enregistre à nouveau. Je saisis l'occasion pour tourner la page et regagne définitivement la France.

Quelques jours après mon retour, maman m'aborde :

« Maintenant que tu es là, nous allons partir, grand-mère et moi.

— Partir ? Mais où ? dis-je, abasourdie.

— Je ne sais pas. On ne veut plus vivre ici, on en a trop bavé avec Colette. On n'a jamais voulu te le dire, mais maintenant, on n'en peut plus.

— Qu'est-ce qu'elle vous a fait ? Raconte-moi.

— Oh, elle a fait courir des bruits, qu'on l'attachait au radiateur, qu'on lui donnait à manger de la viande avariée…

— À qui a-t-elle raconté ça ? dis-je, horrifiée.

— Plusieurs personnes. La femme d'André Hornez. »

Le merveilleux parolier André Hornez, l'auteur de « C'est si bon », un grand copain. J'appelle sa femme.

« C'est fou ce qu'elle en a bavé, cette pauvre Colette, me dit-elle. Ta mère et ta grand-mère lui en ont fait voir de belles !

— Écoute, je connais bien ma mère et ma grand-mère... »

Elle ne me laisse pas finir. Son opinion est faite. Je raccroche, indignée – et ne l'ai plus jamais rappelée.

« Maman, dis-je, il faut que je sache exactement ce qui s'est passé.

— Elle me prend pour sa boniche, elle m'envoie livrer des partitions à l'autre bout de Paris, elle me fait passer pour folle. Elle m'indique une fausse adresse, je reviens avec mes partitions sous le bras. Ou bien elle me demande de téléphoner à un fournisseur et elle me donne un mauvais numéro. »

Je suis perplexe. J'ai naturellement confiance en ma mère, mais je me demande si elle n'est pas un peu jalouse de Colette qui, progressivement, a pris une place toujours plus importante auprès de moi.

Il faut absolument que j'en aie le cœur net.

Je décide de mettre Colette à l'épreuve. Je m'installerai dans le bureau que nous partageons toutes les deux sous prétexte de téléphoner à une amie. À un moment, ma mère entrera et lui demandera un numéro. Je le noterai discrètement et on verra bien s'il est vrai ou faux.

Je préviens ma grande amie Nanou que je vais l'appeler, qu'elle ne s'étonne pas si la conversation est un peu décousue. Puis je me rends comme prévu dans le bureau où je travaille avec Colette. J'ai Nanou au bout du fil et j'entame avec elle un dialogue sans queue ni tête, dans le simple but de paraître absorbée par ma conversation. Maman entre dans le bureau.

« Colette, s'il te plaît, peux-tu me donner le numéro des éditions Paul Beuscher ?

— Bien sûr. 344 07 44. »

Je note. Maman ressort du bureau. Au bout d'un instant, elle est de retour.

« Colette, tu ne m'as pas donné le bon numéro.

— Ah ? Quel numéro je vous ai donné ?

— 344 07 44.

— Mais, madame, vous vous êtes trompée. Je vous ai dit 344 05 44. »

Je brandis le morceau de papier sur lequel j'ai noté le numéro de téléphone.

« Non, Colette, tu lui as bien dit 344 07 44 ! Voilà la preuve ! »

J'épargne au lecteur la suite de mes propos. Il les devinera sans peine. Une demi-heure plus tard, Colette est dehors. Elle travaillait depuis seize ans avec moi.

Elle n'a pas un instant essayé de se défendre, de s'expliquer, elle n'a pas invoqué un malentendu. Une pièce, une seule a cédé et tout le savant assemblage de mensonges a volé en éclats. Comme on voit un immeuble promis à la destruction s'effondrer tel un château de cartes sous l'effet d'une charge de dynamite.

Au cours des semaines qui suivirent, on s'aperçut que derrière le mur opaque dont elle s'entourait, se cachait beaucoup d'incompétence. J'avais lancé un fan-club pour les Osmonds Brothers, un groupe fantastique que j'avais découvert lors du gala d'ouverture du Caesars Palace à Las Vegas, et que je voulais faire connaître en France. Il fallait envoyer une petite somme et en échange, on recevait une carte de membre avec une photo des Osmonds. À ce moment, j'étais encore aux États-Unis. J'avais dit à Colette :

« Attention, Colette, c'est très important. Dès que vous recevez une demande avec l'argent, il faut répondre immédiatement.

— Ne vous inquiétez pas, Line, je m'occupe de tout. »

Après son départ, on a retrouvé des lettres partout, sous les meubles, dans des boîtes. Il a fallu écrire à tout le monde, s'excuser, rembourser. Nous y avons passé des nuits avec maman.

À Hervé, épouvanté par la vieillesse et la mort, va toute mon affection. À Colette, solitaire et frustrée, toute ma pitié. Tous deux, chacun à leur façon, m'ont aimée au point de vouloir me garder pour eux seuls. Tous deux ont voulu être moi.

Aurais-je dû, dès que j'ai perçu les premiers symptômes de leur dérive, les éloigner doucement de moi ? Leur aurais-je ainsi épargné l'affreuse tristesse et la rancœur qui ont marqué leur vie lorsque la rupture s'est produite, inéluctable et brutale ?

Me garder pour elle seule, être moi, Jenny elle-même a-t-elle jamais rêvé d'autre chose ?

Chapitre huit

Harold et Maude

On ne compte plus les films tirés de pièces de théâtre. Par contre, les pièces adaptées de films sont rarissimes. *Harold et Maude* fait partie de ce maigre peloton. Contrairement à ce qu'on pense parfois, le film de Hal Ashby, sur un scénario de Colin Higgins, ne connut pas un grand succès à sa sortie et la critique fut mitigée. Mais il finit par s'imposer, au point de devenir un film culte, emblématique d'une génération. Si bien que la Paramount eut la satisfaction d'annoncer, vingt ans plus tard, qu'il était enfin amorti !

C'est Jean-Louis Barrault qui, en 1973, eut l'idée de transposer au théâtre cette histoire d'amour insolite entre un jeune homme de dix-neuf ans et une vieille dame sur le point de fêter son quatre-vingtième anniversaire. Il commanda l'adaptation à Jean-Claude Carrière et monta la pièce au Théâtre Récamier avec Madeleine Renaud. Quelques années plus tard,

Denise Grey reprit le rôle sous la direction de Jean-Luc Tardieu, puis ce fut Danielle Darrieux qui l'interpréta à son tour en 1995.

J'ai vu ces versions successives et je ne saurais dire laquelle de ces grandes comédiennes j'ai préférée tant je les ai trouvées également remarquables, chacune donnant au personnage les nuances de sa propre personnalité : poétique et lunaire, intemporelle, pour Madeleine Renaud, délicieusement foldingue sous les traits de Denise Grey, résolue, impérieuse, voire un peu tyrannique avec Danielle Darrieux.

Je connaissais le rôle presque par cœur et rêvais de l'interpréter un jour. « Quand on a joué Maude, m'avait dit Denise Grey, on n'a plus peur de mourir. » Mais j'ai pensé longtemps que j'étais encore trop jeune, et pour le rôle et pour mourir.

Maude, à sa façon, est une hippie, et la pièce, dans la tradition des années 70, célèbre l'amour, la nature et la liberté, s'attaque aux conventions sociales et clame son horreur de la guerre. Tant pis si ces objectifs paraissent démodés, ils restent les miens et je me reconnais pleinement dans cette vieille dame indigne.

C'est lors de ma pièce précédente, *Très chère Mathilde*, au Théâtre Marigny, que j'ai travaillé pour la première fois sous la direction de Ladislas Chollat. Ce jeune metteur en scène, qu'à présent tous les théâtres se disputent, m'a séduite par sa simplicité, son intelligence, sa sensibilité, sa culture. Et son immense amour des comédiens. Il est à leur écoute, il respecte leurs pudeurs, il comprend leurs angoisses sans rien perdre de l'autorité nécessaire pour les diriger – car un acteur a besoin de l'être, et parfois même, de se heurter à une volonté qui le bouscule et l'oblige à se remettre en question.

Contrairement à Maude, le personnage de Mathilde, amer, parfois cynique, ne me ressemblait pas. Je ne comprenais pas toujours ses motivations, je m'étonnais de ses réactions. J'espère en avoir finalement donné une interprétation convaincante, mais il a fallu que j'aille chercher le personnage dans des sphères où je ne m'étais pas aventurée auparavant. Avec une patience infinie, Ladislas m'y a aidée.

« Line, me disait-il lorsque je butais sur une difficulté, la prochaine fois que nous travaillerons ensemble, pour me faire pardonner, je te donnerai à jouer un personnage qui sera exactement toi. Et je sais lequel : Maude ! Tu as le même appétit de vie, la même malice, la même énergie. Elle ne baisse jamais les bras, c'est une lutteuse. Comme toi. »

Il avait lui-même tenu le rôle d'Harold à treize ans, au lycée, à Saint-Étienne où il a passé son enfance, et adorait la pièce.

L'été suivant, alors qu'il était venu déjeuner avec moi à La Jonchère, je lui dis :

« Eh bien, si tu veux, on fait *Harold et Maude.*

— Nous sommes en août, les pièces qui commencent en septembre sont en répétition, celles qui sont prévues pour la rentrée de janvier sont déjà programmées. Nous ne trouverons jamais un théâtre libre, m'objecta-t-il.

— Laurent Ruquier vient de s'associer avec Jean-Marc Dumontet pour reprendre le Théâtre Antoine. Je l'appelle immédiatement. »

Ce que je fis. En janvier, nous étions en répétition et le 2 février 2012, les représentations d'*Harold et Maude* commençaient au Théâtre Antoine. Elles se poursuivirent avec un grand succès jusqu'au mois de juin.

C'est ce spectacle que nous nous apprêtons à reprendre en tournée. Dès le début du mois de décembre, nous avons fait une lecture et je sais que l'aventure ne sera pas de tout repos. Une grande partie de la distribution est renouvelée, dont Claire Nadeau qui, lors de la création, avait réussi à faire du rôle un peu convenu de Mme Chasen, la mère despotique d'Harold, un personnage loufoque d'une très grande drôlerie. Les nouveaux venus sont absolument parfaits, à commencer par Stéphanie Bataille qui remplace Claire, mais au théâtre, lorsqu'on a pris ses marques, on n'aime pas en changer. Un peu comme lorsqu'on revient dans un hôtel où l'on a fait un séjour merveilleux l'année d'avant et qu'on ne vous donne pas la même chambre. La nouvelle a beau être plus grande, mieux exposée, la vue plus belle, on regrette la précédente.

À cette difficulté s'en ajoute une autre. Jean-Claude Carrière, lui-même scénariste, a conçu une adaptation très habile et très inventive, qui respecte le rythme et les enchaînements du film original. Les décors sont nombreux, on passe sans cesse de l'un à l'autre, de la somptueuse demeure où résident Harold et sa mère, au sympathique bric-à-brac au milieu duquel vit Maude, d'une église au cabinet d'un docteur, d'un cimetière à une plage, etc. Ladislas et sa scénographe, Emmanuelle Roy, ont conçu un dispositif extrêmement ingénieux qui permet des changements quasi instantanés, sous le regard des spectateurs qui s'amusent de voir la scène tourner comme un manège, les murs s'envoler dans les cintres ou glisser en coulisses, aussitôt remplacés par d'autres éléments apparus magiquement. Mais à cette chorégraphie impeccablement réglée correspond, hors champ, une galopade, assurément moins gracieuse, des comédiens qui, sortant de scène d'un côté, doivent se retrouver de l'autre ou céder la place à leurs partenaires qui se hâtent pour gagner la leur. Exercice auquel on finit par se roder quand on joue plusieurs mois dans le même théâtre, exécutant le même parcours et retrouvant les mêmes repères. Mais qui tient de l'exploit lorsqu'en tournée, on découvre chaque jour une salle différente, un plateau tantôt immense et tantôt exigu et des pans entiers du décor qui, par nécessité, passent de droite à gauche ou inversement. Chaque représentation devient un véritable défi et il faut s'estimer heureux quand elle se déroule sans accroc majeur. Si l'on se souvient de mes soucis de santé, qui rendent d'autant plus problématique ce genre d'acrobaties, on comprendra que ce n'est pas sans anxiété que je vois s'approcher le 26 janvier, date de la première qui aura lieu au Théâtre André-Malraux de Rueil-Malmaison, à deux pas de chez moi.

Qu'on n'aille pas penser pour autant que j'aborde cette tournée comme on s'acquitte d'une corvée. J'adore la pièce, j'adore mon rôle, j'adore faire mon métier. Une tournée, c'est aussi l'occasion d'aller à la rencontre de ce public fidèle qui, depuis tant d'années, me témoigne de mille façons son affection. Comme on rend une petite visite à un parent ou à des amis qu'on regrette de ne pas voir plus souvent.

Et puis je vais de nouveau partager la scène, et je m'en réjouis, avec Thomas Solivéres, mon Harold, un comédien de vingt-trois ans que Ladislas a repéré parmi les centaines d'essais que nous avons faits lors de la création de la pièce au Théâtre Antoine, l'hiver précédent. Bien lui en a pris. Thomas est un excellent comédien, un garçon charmant, un partenaire sûr. Par son naturel et sa grâce, il donne toute leur dimension poétique à des situations qui pourraient paraître scabreuses. Comme le reste de l'équipe, il ignore tout de mes difficultés. Pourtant, je ne peux m'empêcher de penser qu'il en a conscience. Rien n'est exprimé, mais parfois, en scène, il me semble qu'il veille sur moi, prêt à intervenir en cas de défaillance. Paradoxalement, cette inquiétude enrichit son personnage et m'aide à nourrir le mien. Il est facile, presque évident, de jouer le dynamisme, l'aplomb, l'optimisme de Maude. Il l'est moins de rendre sa fragilité, de se souvenir que Maude est une rescapée des camps, une femme blessée dont l'insouciance cache mal un profond dédain pour la vie. Que Thomas pose sur moi ce regard protecteur et inquiet m'aide à trouver le juste équilibre et donne à sa propre interprétation une émouvante gravité.

*

Autre bonheur de cette tournée, retrouver Sandra, ma répétitrice, mon habilleuse et je dirais, faute d'un meilleur terme, ma coach, tant son ardeur, sa vaillance et son inaltérable bonne humeur me sont précieuses dans les moments difficiles. M'accompagnant constamment, voyageant dans la voiture conduite par David, me faisant travailler sans répit le texte – car je ne voudrais sous aucun prétexte avoir un trou et c'est souvent lorsqu'on pense les connaître absolument par cœur que les mots vous échappent –, omniprésente avant, pendant et après la représentation, dormant la nuit dans la chambre voisine de la mienne, Sandra est un témoin privilégié des événements qui ont émaillé cette période. Lorsque j'ai décidé d'écrire ce livre, je me suis tout naturellement tournée vers elle et l'ai interrogée à son tour.

« Mais Line, m'a-t-elle répondu, je n'étais au courant de rien.

— Comment, de rien ?

— Je savais que vous vouliez créer une fondation et que c'est Jenny qui la dirigerait, c'est tout.

— Et tu m'as dit que j'avais trouvé la meilleure personne possible.

— C'est vrai. Je le pensais sincèrement.

— Mais pour La Jonchère, tu ne savais pas ?

— Non. Un jour, pendant la tournée, on allait à Lille, Jenny était assise à côté de vous…

— Comment ? C'est toujours toi qui voyageais à côté de moi.

— Pas si Jenny était là. Elle se dépêchait de s'installer à l'arrière avec vous et moi j'étais coincée devant.

— Pourquoi coincée ?

— Parce qu'il y avait les sacs, les paquets. Jenny balançait tout à l'avant pour que vous ayez plus de place.

— Ah… Donc, ce jour-là ?

— Vous parliez toutes les deux. Je n'entendais pas ce que vous disiez. À un moment, vous vous êtes penchée vers moi et vous m'avez dit : "On ne te dit rien pour l'instant, tu sauras plus tard." Et Jenny s'est mise à rire. Genre prends ça dans les dents. »

Je réfléchis. Sandra a certainement raison. Nous sommes allées à Lille tout au début de la tournée, début février donc, et le rendez-vous chez Me N. pour la signature du compromis de vente était fixé au vendredi 22. J'ai dû vouloir rester discrète le plus longtemps possible.

Sandra a son franc-parler, encore souligné par un solide accent du Sud-Ouest. Ça tombe comme ça peut. Il est permis de penser que c'est un défaut. Moi je considère que c'est une qualité inappréciable.

Dès notre première rencontre, j'ai compris que j'avais affaire à un drôle d'oiseau. C'était à

Bordeaux, où Muriel Robin et moi avons créé *Fugueuses* en septembre 2007, avant de jouer la pièce à Paris au Théâtre des Variétés. Elle remplaçait au pied levé une habilleuse défaillante. On m'avait dit : vous allez voir, c'est une fille formidable, elle a beaucoup d'expérience. Première représentation, premier changement de costume, je dispose d'exactement trente secondes pour enlever mes habits précédents, et enfiler un jean et un chemisier. À peine suis-je sortie de scène que je suis saisie par cette jeune femme taillée en athlète qui me déshabille comme on plume un poulet, m'assoit d'autorité sur un tabouret et me précipite dans mon jean et mon chemisier. J'essaie de l'aider. Dans la précipitation, je boutonne dimanche avec lundi. Elle me tape sur la main : « On ne touche pas ! » dit-elle d'un ton rude. J'ouvre de grands yeux. Mais l'heure n'est pas à la discussion, elle m'a déjà arrachée de mon siège et d'une poussée projetée sur scène, non sans m'avoir soufflé ma première réplique. Bien qu'un peu secouée, je suis forcée d'admettre qu'elle est diablement efficace. Si bien qu'à la fin du spectacle, au lieu de la virer séance tenante, je lui dis, mi-fâchée, mi-admirative : « Vous êtes un sacré phénomène ! » Ce à quoi elle me répond, imperturbable : « On est deux, Line », avant de m'avouer que c'est la première fois de sa vie qu'elle exerce le métier d'habilleuse.

Fille formidable, je veux bien, beaucoup d'expérience, on repassera. Mais après tout, qu'importe ? Ne s'est-elle pas débrouillée ce soir comme une professionnelle aguerrie ?

Tandis que nous regagnons l'hôtel, elle me raconte brièvement son parcours. Championne d'athlétisme à vingt ans, promise à un avenir de prof d'éducation physique, elle laisse brusquement tomber le sport après deux ans d'études, exerce divers métiers – mannequin, barmaid, videuse dans une discothèque –, se prend de passion pour le théâtre, suit des cours de comédie, écrit une pièce, puis deux. Alors qu'elle fait de la figuration sur un téléfilm, elle rencontre Christophe Duthuron, coauteur de *Fugueuses* avec Pierre Palmade. Il est originaire de Marmande, elle d'Albi, ça crée des liens. Il la recommande pour ce poste d'habilleuse, on connaît la suite.

De Bordeaux, Sandra me suit à Paris et devient mon habilleuse attitrée. Elle découvre, très surprise, l'univers des fans, je lui présente Jenny. Il n'y a pas de sympathie immédiate, pas de rejet non plus. Elle la trouve « bien élevée », ce qui, à l'inverse de Marie-Annick, n'est pas forcément pour elle une qualité. Excessivement timide, Jenny rougit dès qu'on lui adresse la parole. « Particulièrement s'il est question de cul », précise Sandra qui, dans ce domaine, peut être assez directe. « On a du mal à la situer », conclut-elle.

Elle lui reconnaît pourtant des qualités et même si elle le juge excessif, elle ne peut s'empêcher d'être émue par son attachement à mon égard. « Elle connaissait toutes vos chansons par cœur ! » s'extasie Sandra, que je soupçonne de n'en connaître aucune.

Les deux jeunes femmes se retrouvent deux ans plus tard à l'occasion des représentations de *Très chère Mathilde*, mais c'est pendant *Harold et Maude* qu'elles font un peu mieux connaissance. Jenny a pris une certaine assurance, elle ne rougit plus à tout bout de champ. Sandra lui donne à lire l'une de ses pièces, Jenny lui en fait un commentaire élogieux et sensible. Sans qu'il y ait de véritable affinité entre elles, on peut dire qu'elles s'entendent bien.

Cependant, lorsqu'elles se retrouvent, six mois plus tard, peu avant le démarrage de la tournée, Sandra note une modification dans le comportement de Jenny. Elle prend ses distances, elle se montre un peu condescendante à son égard. Comme Jacinthe au même moment, Sandra ignore ce qui motive ce changement d'attitude, elle ne peut que le constater.

Ainsi ce jour où, à l'issue d'une répétition, Sandra, les bras embarrassés de paquets, demande à Jenny si elle peut prendre mon sac. Jenny refuse.

« Chacun son travail », réplique-t-elle sèchement avant de quitter la loge, les mains vides.

« Et pourtant, dis-je, lorsque je t'ai annoncé que je voulais créer une fondation…

— … j'ai répondu que Jenny était la meilleure personne pour la diriger. Je sais, vous me l'avez déjà dit.

— Tu aurais pu lui en vouloir.

— Elle était la chouchoute, elle en profitait. Je me suis dit, ça lui passera.

— Pourquoi tu ne m'en as pas parlé ?

— J'allais pas vous prendre la tête avec des bricoles. »

Encore une alarme qui n'a pas fonctionné, encore un signal qui aurait pu clignoter et qui est resté éteint. Sandra m'aurait-elle signalé l'incident sur le moment, en aurais-je tenu compte ? Je ne saurais l'affirmer. C'est avec le recul qu'on qualifie d'indices des faits qui, au moment où ils se produisent, paraissent insignifiants. « Je n'ai rien vu venir », dit-on alors. Et pourtant, mille petits cailloux étaient semés sur notre route. Mais nous n'avons pas su les distinguer.

« Il y a eu autre chose, reprend Sandra après avoir gardé le silence un instant. Et ça, oui, j'aurais dû vous en parler… »

Cela s'est passé à l'opéra de Massy où nous avons joué deux soirs de suite. La salle contient huit cents spectateurs, le plateau est gigantesque et le décor, perdu au beau milieu, ressemble à une construction en Lego sur le tapis du salon.

Avant chaque représentation, je prends soin d'enlever mes bagues et de les confier à Sandra, laquelle, à son tour, les donne en garde à David dont la carrure suffit à dissuader tout agresseur. Mais ce soir-là, David reste introuvable. Sandra ne veut pas laisser les bijoux dans la loge, même fermée à clé, pendant qu'elle est retenue sur le plateau. Et elle ne tient pas non plus à les conserver sur elle, de crainte de les perdre. À court de solution, pressée par le temps – et bien qu'elle évite, depuis l'incident du sac, de lui demander le moindre service –, Sandra s'adresse à Jenny qui accepte sans discuter et empoche le boîtier contenant les bagues.

Environ une heure plus tard, Sandra croise Jenny dans les coulisses. « Tu as bien les bagues ? » lui demande-t-elle. Jenny, qui tenait les mains enfoncées dans les poches de son manteau, les sort brusquement et les lève à hauteur de son visage. « Ta, ta, ta ! » fait-elle, triomphante. Elle porte toutes mes bagues à ses doigts.

« Ce qui était effrayant, me dit Sandra, c'était son visage. Elle avait l'air d'une... » Elle cherche le mot. « … d'une illuminée ! » finit-elle par dire.

Mais je sens qu'elle cherchait un mot plus fort encore, un mot qui traduise l'état d'exaltation, presque de transe, qui se reflétait sur le visage de Jenny.

À partir de ce moment, Sandra observe Jenny d'un autre œil. Elle s'en méfie, elle la craint. À la façon dont elle m'en parle – quatre ans plus tard, je le précise – je comprends qu'elle la suspecte, sans le dire et peut-être sans en avoir pleinement conscience, de m'avoir jeté un sort, de m'avoir en quelque sorte envoûtée. Apparemment, elle n'est pas la seule à le penser dans l'équipe. « Elle me fait flipper », dira l'un, tandis qu'un autre lance un surnom qui lui restera : désormais, tout le monde l'appelle « Misery », en référence au thriller américain de Bob Reiner, d'après le best-seller de Stephen King. Clairement, l'équipe l'assimile à Annie, l'infirmière psychopathe qui, par excès d'amour, séquestre Paul Sheldon, son écrivain favori, et menace de le tuer.

Tout ceci, je n'en sais rien à l'époque. Comment pourrais-je me douter que Jenny est au cœur des conversations, qu'elle fait l'objet de moqueries, que certains jugent notre relation ambiguë et se livrent à des spéculations dégradantes ?

Le vendredi 8 février, Jenny et moi avons un nouveau rendez-vous avec Me N. Tous les documents nécessaires sont maintenant réunis, rien ne s'oppose à la signature du compromis de vente. Le notaire consulte son agenda, je regarde le mien. Nous tombons d'accord sur le 22 février à quatorze heures. Il ne m'a pas échappé que le chiffre vingt-deux associé au deuxième mois de l'année, à deux heures de l'après-midi constituait le plus heureux des présages. 2, le chiffre porte-bonheur de maman. $4 \times 2 = 8$, le mien. Je m'abstiens de faire part de mes petits calculs au notaire.

« Parfait, marmonne Me N. en notant la date, ça me laisse le temps de régler les dernières formalités.

— Quelles formalités ? demande Jenny, impatientée.

— Eh bien, diverses choses. Appeler votre banquière, Mme Corsini…

— Je vous ai remis une lettre.

— Bien sûr. Mais pour le principe…

— Vous aurez du mal à la joindre, dit alors Jenny. Elle a eu un très grave accident de voiture, elle vient à peine de sortir du coma. »

À quelques jours de là, prise de doute – « Et si c'était une mythomane ? » –, j'appelle Me N. et lui demande s'il a tout de même tenté d'entrer en contact avec celle que Jenny nomme, depuis l'origine, « ma banquière ». Il a bien téléphoné, me dit-il, et on lui a confirmé qu'elle était absente pour une longue période. Apparemment, il n'a pas jugé bon de pousser plus loin ses investigations. « Nous sommes tranquilles, j'ai la lettre, n'est-ce pas ? » me dit-il, rassurant. Je suis en voiture, la communication est interrompue, je me promets de rappeler Me N. aussitôt arrivée à destination, ce que j'omets de faire.

Plus tard, nous apprendrons que Mme Corsini, la banquière, était en effet absente. Pour dix semaines, durée de son congé de maternité...

Que Me N. n'ait pas songé à vérifier les avoirs de Jenny auprès du directeur ou de la directrice de la banque paraît totalement invraisemblable. Que je n'aie pas insisté pour qu'il le fasse défie l'entendement. C'est pourtant ainsi que les choses se sont passées.

Hubert Colson, mon pâtissier-psychanalyste, n'en est pas du tout surpris. Selon lui, le mythomane crée un personnage autour duquel s'élabore un roman. À partir de cet instant, cc n'est plus l'imaginaire qui s'adapte à la vie, c'est la vie qui, par une succession inouïe de hasards, de coïncidences et de quiproquos, s'adapte à l'imaginaire. On ne saurait mieux caractériser ce qui s'est passé avec Jenny.

En sortant de chez Me N., je me souviens d'avoir dit à Jenny que je m'inquiétais de ne plus avoir la moindre nouvelle de sa maman depuis des semaines. Odile est-elle au courant de ses projets ? Les approuve-t-elle ? Jenny me fait remarquer qu'à vingt-sept ans, il lui est permis d'avoir des projets et de les réaliser sans demander l'autorisation de sa mère. Ce dont je suis obligée de convenir.

De plus, Jenny m'apprend qu'Odile a un sujet de préoccupation autrement captivant. Elle est tombée amoureuse une seconde fois d'Alain F. – l'antiquaire qui a téléphoné en 2002 à Didier Rabes pour lui dire que Jennifer, la fille de sa copine, était folle de moi. Odile et Alain F. viennent de passer une semaine merveilleuse à Venise, ils envisagent de se marier, Odile est heureuse comme elle ne l'a jamais été. Alors, ce que fait sa fille...

C'est seulement l'an dernier que j'ai enfin l'occasion de rencontrer Alain F. Nous bavardons et tout naturellement, nous en venons à parler de Jenny.

Il m'avoue qu'il a été très étonné lorsqu'il a appris que Jenny projetait d'acheter La Jonchère. Odile ne s'était-elle pas adressée à lui, peu avant l'été, pour qu'il la dépanne de cinq cents euros ?

Il me raconte aussi qu'Odile lui avait demandé s'il accepterait de se rendre avec elle chez Line Renaud et de jeter un coup d'œil sur le mobilier et les objets « pour lui dire ce que ça valait ».

Je m'enhardis et l'interroge sur sa liaison avec Odile, cette double idylle décrite par Jenny, sa mère tombant amoureuse une deuxième fois d'un homme dont elle s'était séparée plusieurs années auparavant. Il me regarde, interloqué. Visiblement, il ne voit pas du tout à quoi je fais allusion.

« Vous avez bien passé une semaine ensemble à Venise ? Vous envisagiez de vous marier ? »

Silence. Il a une petite moue.

« N'insistons pas », finit-il par répondre.

Je n'insiste pas.

Que faut-il en conclure ? Je ne le saurai probablement jamais. En écrivant ce livre, j'espérais élucider quelques-uns des nombreux mystères dont cette histoire restait saturée. Presque arrivée au terme de mon récit, je constate avec stupeur que leur nombre n'en finit plus d'augmenter.

Chapitre neuf

Une Porsche noire et l'autre rouge

Jenny aime bien David, David apprécie Jenny. Je crois qu'elle le fascine, non par sa richesse, qu'à vrai dire rien ne laisse deviner, mais justement, par sa modération, par la capacité qu'elle a de vivre petitement alors qu'elle pourrait se payer ce dont tout le monde rêve. Il y a là une énigme qui le perturbe, sans qu'il se doute que la réponse est à sa portée : Jenny ne dépense rien parce qu'elle n'a rien.

« Profite, fais-toi plaisir ! » lui conseille-t-il. Elle objecte qu'en achetant La Jonchère, elle se fait plaisir. La réponse nc satisfait qu'à demi David. D'une certaine façon, malgré son coût, La Jonchère est une dépense raisonnable, un investissement. Se faire plaisir, c'est claquer l'argent pour l'inutile ou le superflu : une belle montre, un super téléphone portable, une voiture de luxe.

« Je changerais bien ma BMW », réagit Jenny. David fait la moue. BMW, c'est pas mal, mais il y a tellement mieux. Une Porsche, par exemple. L'idée séduit Jenny. Son grand-père – elle dit « mon papy » – a toujours eu des Porsche. Il a même été longtemps président d'un Porsche Club, en Bretagne.

David est ravi. L'idée l'excite beaucoup. Peu à peu, le projet prend forme. Jenny décide qu'elle ne va pas acheter cette Porsche pour elle-même, mais pour La Jonchère. Et pendant qu'elle y est, elle ne va pas en acheter une, mais deux, une pour La Jonchère, une pour David, qui pourra ainsi rentrer chez lui – il habite assez loin de Paris – sans avoir besoin d'emprunter la voiture de la maison. Et si l'une des deux voitures est en révision, l'autre sera disponible. Une voiture de secours, en quelque sorte. Un mulet, comme on dit dans les courses automobiles. D'ailleurs, fait observer Jenny, son papy achetait toujours ses voitures par deux.

Je les entends discuter entre eux sans bien réaliser de quoi il s'agit. Personnellement, je suis enchantée de conduire ma petite Smart, lorsque Marie-Annick m'autorise à m'en servir car, prétend-elle, je suis « un danger public ». Ce que bien entendu je conteste farouchement. Pour les déplacements plus importants, je dispose d'une voiture spacieuse et confortable – ni BMW ni Porsche, une marque française des plus banales – qui me convient parfaitement et dont David s'est contenté jusqu'à présent.

Sandra, toujours les pieds sur terre, trouve cet achat de deux voitures complètement nul. « C'est une économie, argumente Jenny. Par deux, c'est moins cher. » Sandra s'esclaffe. C'est comme pour les soldes, si tu achètes le double de vêtements sous prétexte que c'est pas cher, à l'arrivée, tu dépenses quand même plus d'argent.

Les étapes sont parfois longues entre deux villes de tournée. Dans un brouillard, j'entends Jenny, David et Sandra discuter à perte de vue et je m'endors, ou je repasse mon texte dans ma tête, à moins que je ne me pose la lancinante question qui m'aura préoccupée toute ma vie : et après ? Après la pièce, quel film, après le film, quel autre ? Je fais le compte de mes projets, je les classe, ceux qui sont certains, ceux qui sont un peu chancelants, ceux auxquels je tiens, ceux qui ne me plaisent qu'à moitié, ceux qu'il faudra retravailler...

Ainsi le temps passe, les paysages défilent, on approche d'une ville, il est rare que je n'y aie pas chanté ou joué la comédie, à une époque ou une autre. Je connais ma France sur le bout des doigts. Nous nous garons devant le théâtre, on visite la salle, les machinistes sont en train d'adapter le décor à la scène. Ce soir, malgré la fatigue, malgré les douleurs qui ne me laissent aucun répit, j'entrerai en scène, je dirai une fois de plus à Harold : « Excusez-moi. Est-ce que vous voyez des pistaches ? »

Pendant deux heures, je serai Maude et j'oublierai tout le reste.

*

Comme beaucoup de personnes de mon âge, j'ai pris la fâcheuse habitude, pour peu que je sois un peu fatiguée ou que la conversation ne soit guère intéressante, de me mettre en pilotage automatique, acquiesçant mécaniquement, riant lorsque les autres rient, m'apitoyant quand ils semblent émus. Très vite on devient habile à ce jeu et on finit par y trouver un certain agrément. Pendant cette période où il aurait fallu que je redouble d'attention, je sais que beaucoup de choses m'ont échappé, que je ne les ai pas saisies, que je ne les ai pas entendues ou trop tard pour qu'elles prennent une signification et m'amènent à réagir. Ainsi cette affaire de Porsche qui, aujourd'hui, me paraît complètement folle. Pourquoi n'y ai-je pas mis le holà ? Bien à tort, j'ai laissé Jenny agir en patronne. Serait-elle devenue propriétaire de La Jonchère, aurait-elle occupé le poste que je lui destinais à la tête de ma fondation, que cela ne l'aurait nullement autorisée à se mêler de la vie quotidienne d'une maison qui restait la mienne.

Au lieu d'intervenir, j'ai vu David, qui n'imagine pas le piège dans lequel il tombe, consulter des catalogues, discuter des heures avec Jenny modèles, puissance et équipements. En fin de compte, ils choisissent une Porsche Panamera pour La Jonchère et une Porsche Cayenne pour David. La première noire, c'est plus classe, la seconde rouge, c'est plus fun.

Jenny décide qu'elle fera immatriculer la Panamera 888 LJ. Autrement dit 888, mes chiffres fétiches et LJ pour Line-Jenny. David objecte qu'il n'est pas possible de choisir son immatriculation, qu'on n'est pas en Amérique. Jenny hausse les épaules, un peu dédaigneuse. « Quand on connaît le préfet, si, on peut ! »

Je pose aujourd'hui à David les questions que j'aurais dû lui poser à l'époque. Combien coûtaient ces voitures ?

« La Panamera, dans les cent trente mille euros, le Cayenne, en gros cent mille. Et encore, la Panamera, on n'a pas pris le modèle Turbo, précise David avec une pointe de regret.

— Combien, le modèle Turbo ?

— Ça va chercher dans les cent quatre-vingt mille. »

Je n'ose lui demander si, pour ce prix-là, Porsche offrait le plein d'essence.

« Elle était riche ! Pour elle, c'était rien ! » se défend David.

Comment lui dire que la facilité avec laquelle Jenny se montrait disposée à gaspiller une énorme somme pour des véhicules dont nous n'avions aucun besoin était le signe le plus évident qu'elle n'avait jamais été riche et ne le serait jamais ?

David me raconte leur équipée chez le concessionnaire Porsche à Saint-Cloud. Il veut essayer les voitures avant de les commander et plus particulièrement tester le confort des places arrière. Il connaît mes habitudes, il sait que je n'ai pas envie de me tordre en quatre pour pénétrer dans une voiture ou en sortir, que je veux pouvoir caser mes jambes sans difficulté, que j'ai horreur d'être trop enfoncée dans les sièges, etc.

Les voilà donc débarquant dans le bureau du commercial de service en expliquant qu'ils veulent acheter une Panamera et un Cayenne, l'une noire, l'autre rouge. Comme on pouvait s'y attendre, le type les prend pour des dingues et cherche à s'en débarrasser le plus vite possible – mais élégamment, tout de même. On est chez Porsche.

C'est alors que Jenny se livre à un numéro dont David garde un souvenir mémorable.

« J'étais scié, se rappelle-t-il. D'un seul coup elle s'est levée et elle a dit au gars : "Écoutez, monsieur, je n'aime pas beaucoup la façon dont vous me parlez. Je vais sortir du bureau, puis je rentrerai à nouveau. Vous direz poliment 'Bonjour madame' et nous reprendrons tout à zéro. On est d'accord ?" »

Et c'est exactement ce qu'elle fait. Entretemps, le vendeur, dompté, a totalement changé d'attitude. Il se met en quatre pour les renseigner, satisfaire leur moindre désir, organiser des essais l'après-midi même à Vélizy. En début de soirée, ils rentrent à La Jonchère, sachant précisément les modèles et les options qu'ils souhaitent. Jenny monte dans sa chambre pour parler à son papy avant de passer commande au concessionnaire Porsche de Rennes. Quand elle redescend, elle dit à David : « Tout est réglé, les voitures seront à notre disposition dans deux semaines. »

Fou de joie, David se met à compter les jours comme un gosse avant Noël. Plus que dix jours, plus que huit jours, plus qu'une semaine…

*

Jeudi 21 février. Marie-Annick, en se levant, découvre le corps sans vie de Speedou. Il était aveugle, il mangeait à peine, il n'avait plus la force de se déplacer. Sans doute la mort est-elle une délivrance pour lui. Et pourtant, il suffisait que je m'approche pour qu'il gémisse de bonheur. Seul l'amour lui donnait encore le courage de vivre.

Comme beaucoup de mes chiens, Speedou était loin d'être un animal de pure race. Je l'avais recueilli à la SPA où, âgé seulement de huit mois, il partageait une cage avec cinq ou six chiens deux ou trois fois plus gros que lui. Cela ne le gênait nullement. De nature insouciante, il entretenait les meilleurs rapports avec ses encombrants colocataires. Je jette mon dévolu sur lui, le directeur ouvre la cage, Pfft ! il se sauve. Car il est et restera un fugueur. On le cherche partout, sans succès. Désolée, je me résigne à choisir un autre chien quand il réapparaît et vient s'étendre à mes pieds, me persuadant définitivement de l'adopter.

Il a dix-sept ans lorsqu'il meurt. Il est le dernier de mes chiens que Loulou aura connu.

*

Vendredi 22 février. Jenny et moi avons rendez-vous à quatorze heures avec Me N. pour la signature du compromis. Il est entendu que la maman de Jenny nous y rejoindra, venant de Rennes. C'est elle qui apportera le chèque de banque correspondant à l'acompte sur la vente. Le soir, pour fêter l'événement, nous dînerons tous ensemble au Pré-Carré, un restaurant proche de l'Étoile que j'apprécie particulièrement.

Cette nuit-là, vers deux heures, je reçois sur mon portable un SMS de Jenny :

Demain sera le plus beau jour de ma vie. Vous êtes TOUT pour moi ! Votre Poussinette, votre petite fille pour toujours.

Et cet autre message à sept heures du matin :

Nous y sommes, jour tant attendu depuis le 28/8 !!! Je serai toujours là pour vous, ma mamounette chérie. Votre petite fille.

À quatorze heures précises nous voilà dans le bureau du notaire. Manque Odile, ce qui n'a rien d'anormal. Son train arrivait de Rennes à treize heures trente, le temps qu'elle vienne de la gare Montparnasse, elle nous rejoindra sûrement dans quelques minutes. Nous bavardons en l'attendant. Puis, comme elle n'est toujours pas là et que les appels de Jenny restent sans réponse, Me N. propose de commencer la lecture des actes. Nous n'y voyons aucun inconvénient. Il est vrai que la présence d'Odile n'est pas indispensable, sinon pour nous transmettre ce fameux chèque qu'elle a, selon Jenny, retiré à la banque le matin même.

Me N. attaque donc bravement l'épaisse liasse, ne nous faisant grâce d'aucun article. Je ne suis pas très attentive, la voix monotone du notaire me berce, mon attention dérive comme autrefois à l'école. Je pense à Loulou, je me demande s'il m'approuve. Tous mes doutes remontent à la surface. Est-ce une si bonne idée de vendre La Jonchère ? Pourquoi me suis-je précipitée ? N'y avait-il vraiment aucune autre solution ?

La voix de Jenny me fait sursauter. « N'est-ce pas, Line ? » N'est-ce pas quoi ? Je n'ai rien écouté. Je comprends que Jenny a formulé une objection à propos d'un point qu'il était prévu de modifier et qui ne l'a pas été. Contrairement à moi, elle n'a pas perdu une miette de l'exposé de Me N. et, selon son habitude, lui mène la vie dure. Le notaire convient de l'erreur, la page va être retapée, aucun problème.

La lecture achevée, les pages modifiées, toujours aucune nouvelle d'Odile. Il est presque quatre heures de l'après-midi. Jenny consulte une nouvelle fois son portable, pas de message. Elle tente, sans grand espoir d'appeler sa mère et tombe invariablement sur la boîte vocale.

Que se passe-t-il ? Je suis terriblement inquiète.

Me N., pressé d'en finir, nous propose de passer à l'étape suivante, c'est-à-dire à la signature proprement dite. À ce moment, le téléphone de Jenny sonne. Elle prend la communication. C'est Odile. Je reconnais sa voix sans distinguer ses paroles.

« Ah… Ah… Oui, je comprends, fait Jenny. Oui, oui, bien sûr… Ben oui, ça vaut plus le coup… »

Je m'impatiente. Que dit-elle ?

« Il y a eu un suicide sur la voie, le train est resté bloqué deux heures en pleine campagne. Elle va descendre à Laval et rentrer à Rennes.

— Rentrer à Rennes ? Mais c'est impossible ! Passe-la-moi ! »

Jenny me tend l'appareil.

« Désolée pour le restaurant ce soir, Line, me dit Odile aussitôt. Ça m'aurait fait plaisir d'être avec vous, mais c'est un peu idiot, je suis à peine à une heure de Rennes, ça ne vaut plus le coup que je vienne à Paris, maintenant. »

Je suis abasourdie.

« Mais enfin, Odile, nous sommes chez le notaire, nous vous attendons. C'est important ! »

Silence.

« Ben, pas vraiment, finit par répondre Odile, apparemment surprise. Non, c'est pour le restaurant que ça m'embête. Enfin, nous dînerons ensemble une autre fois. »

Par la suite, j'ai souvent essayé de reconstituer très exactement ce que j'avais dit à Odile, quels étaient précisément les mots que j'avais utilisés, comment s'étaient emboîtées nos répliques. Sans y parvenir, tant la situation tenait du prodige.

Mais le plus étonnant, c'est que pas une seule fois Jenny ait laissé paraître le moindre signe de nervosité, que pas une fois elle n'ait paru inquiète, que pas une fois elle n'ait tenté d'écourter notre conversation ou de faire diversion. Et pourtant, il aurait suffi d'un mot, d'une phrase tournée différemment pour que la supercherie soit dévoilée. Elle est restée confiante, persuadée que la vie allait finir, vaille que vaille, par se conformer au roman dont elle était l'auteur et le personnage principal. Et elle a gagné. Provisoirement, mais a-t-elle d'autre but que de grappiller un peu de temps – ce temps précieux durant lequel elle continue, à ses propres yeux, aux miens, à vivre sous les traits d'une autre ?

À peine rentrée à La Jonchère, je reçois un SMS abracadabrantesque d'Odile – ou attribué à Odile – qui ne fait rien pour dissiper le malaise qui s'est emparé de moi. J'ai beau le lire et le relire, je ne parviens pas à en démêler le sens.

Chère Line, je vous embrasse de tout cœur. Lorsque Jenny était petite et que la journée passée avait été importante, une fois que ses petits yeux étaient fermés, je lui disais : « Que ta nuit soit douce et étoilée. » Ce 22 février, jour d'émotion et de cœur, que votre nuit soit douce, mes deux étoiles !

*

En m'apportant mon thé, le lendemain matin, Jacinthe m'annonce que Jenny a été souffrante toute la nuit. Elle a demandé qu'on la laisse dormir. Sans doute ne descendra-t-elle pas pour le déjeuner. Je demande s'il faut appeler le Dr Bertrand. Jacinthe ne pense pas que ce soit nécessaire. Un peu de repos devrait suffire.

J'appelle tout de même Patrick, non pour lui signaler l'indisposition de Jenny, mais pour lui raconter ce qui s'est passé la veille.

« Ne crois-tu pas que j'ai affaire à deux folles ? » lui dis-je, profondément perturbée.

Patrick se récrie. En ce qui le concerne, il fait une totale confiance à Jenny. Quelque chose nous échappe, c'est certain, mais nous allons rapidement constater qu'il n'y avait pas lieu de s'inquiéter.

En attendant, je lui demande de téléphoner à Odile de ma part. N'ai-je pas promis à Me N. de lui faire porter dès lundi matin le fameux chèque de banque qu'elle est censée détenir ? Je repars demain en tournée pour une semaine, je veux absolument régler le problème avant de m'absenter. Au besoin, David fera un aller-retour à Rennes et rapportera le chèque. Patrick me promet de faire le nécessaire et raccroche.

La matinée s'étire, morne, cotonneuse. Vers deux heures, Jacinthe, ne me voyant pas descendre, vient voir si je souhaite qu'elle m'apporte un plateau. Je n'ai pas faim, elle insiste. Elle a fait cuire des légumes, ça me fera du bien des légumes. Je finis par céder. Va pour des légumes.

Je lui demande des nouvelles de Jenny. Elle dort toujours, me dit-elle, sa porte est fermée à clé. Faut-il la réveiller ? J'hésite. Ne devrais-je pas lui parler ? Réclamer des explications ? Mais d'autre part, qu'ai-je à lui reprocher ? En quoi est-elle responsable du malheureux chassé-croisé d'hier ? David, qui s'est renseigné, m'a confirmé que le train qui devait déposer Odile à treize heures trente gare Montparnasse était bien arrivé à Paris avec deux heures et demie de retard. Un homme s'est précipité sous le TGV quelques kilomètres avant Laval. Tout concorde, tout se recoupe, le Dr Bertrand a raison, je n'ai aucune raison d'être inquiète.

« Alors, Madame, je la réveille ? répète Jacinthe qui attend ma réponse.

— Non, non, Jacinthe. Inutile. Laissez-la dormir. »

Je ne touche pas au plateau qu'elle me monte un peu plus tard, m'allonge sur mon lit et m'assoupis instantanément, rompue de fatigue.

Des coups frappés à ma porte me réveillent. Combien de temps ai-je dormi ainsi ? Trois heures ? Quatre ? La voix de David : « Madame, je peux entrer ? » Il fait nuit noire dans la chambre, je me redresse, hébétée. David entre et allume. Il tient une bouteille de champagne et trois coupes à la main. Jenny l'accompagne, un peu en retrait.

« Ça y est, Line. On l'a ! » proclame-t-il, radieux.

Je le regarde sans comprendre. « Le chèque ! On l'a ! » Il me tend un bout de papier bleuâtre. Il n'est guère différent d'un chèque habituel, sauf qu'il est entièrement rempli à la machine. C'est toutefois ce que je parviens plus ou moins à distinguer dans la pénombre. Je vérifie le montant. C'est bien la somme prévue. La Jonchère ne m'appartient plus.

Je suis très émue. Cette vente, je l'ai voulue, j'ai tout fait pour qu'elle ait lieu. Il y a quelques heures encore, j'étais angoissée à l'idée qu'elle allait échouer. Pourtant, à présent qu'elle semble irréversible, je ressens un curieux sentiment de culpabilité, comme si j'avais commis une mauvaise action. Je m'empresse de chasser ces idées noires et j'embrasse Jenny, sincèrement heureuse que cette maison, symbole et résumé de toute une vie, passe entre ses mains. J'ai eu raison, raison d'insister, raison de m'accrocher, raison de résister – y compris contre moi-même. Je pourrai tenir la promesse faite à Loulou : je ne quitterai jamais La Jonchère.

Jenny rayonne de bonheur. Je lui demande comment elle s'y est prise pour récupérer le chèque. Elle m'explique que sa mère a refait le trajet depuis Rennes. Elles se sont retrouvées un court instant gare Montparnasse.

« Il faut que j'appelle immédiatement ta maman pour la remercier, dis-je. C'est tellement gentil. »

Je saisis mon téléphone et m'apprête à composer le numéro. Jenny m'arrête.

« C'est pas la peine, fait-elle. Maman coupe son téléphone quand elle est dans le train.

— Ce soir, alors.

— Ça va la déranger. Alain est à Rennes pour quelques jours. »

Je souris.

« Tu as raison. Je vais la laisser tranquille. Tu l'embrasseras de ma part. »

David appelle Marie-Annick, dont c'est le jour de repos. Il lui demande de nous rejoindre dans ma chambre. Je crie de loin : « Avec une coupe ! » Elle arrive peu après, on lui annonce la bonne nouvelle, on lui verse du champagne, on lui montre le chèque. Elle y jette un coup d'œil, le rend à Jenny.

Je la vois chuchoter à l'oreille de David.

« Qu'est-ce que vous dites, Marie-Annick ?

— Rien, Line. On plaisantait David et moi. »

J'apprendrai plus tard qu'elle lui a glissé tout bas :

« C'est pas un chèque de banque.

— Qu'est-ce que tu racontes ? a répliqué David, peu désireux d'entamer une controverse au moment où tout semble s'arranger miraculeusement.

— J'en ai déjà vu, des chèques de banque, insiste à mi-voix Marie-Annick. C'est pas comme ça. »

Bien entendu, elle n'ose pas me faire part de ses doutes. « Mais enfin, Madame, c'était pas à moi de vous dire une chose pareille ! se justifie-t-elle. Et puis j'étais pas sûre, j'aurais pu me tromper… »

Quelques instants plus tard, j'envoie un texto à Me N. : *Cher maître, j'ai le chèque sous les yeux. Il vous sera remis lundi matin comme convenu. Très bon week-end, Line Renaud.*

En réalité, je n'ai plus à proprement parler le chèque sous les yeux. Jenny s'est dépêchée de le remettre dans sa poche. Probablement n'est-elle pas totalement satisfaite du travail de contrefaçon auquel elle s'est livrée dans la matinée, enfermée dans sa chambre, à l'aide de la photocopieuse couleur et du papier spécial acheté à Noël.

Pour l'heure, tout à sa joie, elle dit à Jacinthe de préparer une belle table pour ce soir. Elle dînera seule avec moi. Jacinthe lui fait remarquer que les Bertrand sont invités. Qu'à cela ne tienne, elle les décommande. À moi, elle dira qu'ils se sont décommandés.

Nous passons la soirée en tête à tête, elle s'est habillée avec soin, elle a allumé des bougies, nous conversons paisiblement, elle est très heureuse. Au fond, c'est un dîner d'adieu, mais bien entendu, je l'ignore. Adieu à moi, dont elle va perdre l'affection et l'estime. Adieu aux illusions, adieu à la considération, aux privilèges, à l'attention dont elle a joui depuis cinq mois. Elle a tiré le meilleur parti possible de la situation. À présent, tout peut s'écrouler, elle s'en fiche.

*

Le lendemain, dimanche, je quitte La Jonchère peu après le déjeuner pour aller jouer le soir à Esch-sur-Alzette, au Luxembourg. Les jours suivants, nous irons en Suisse, si bien que je resterai absente de chez moi durant près d'une semaine. Il est entendu que Jenny se rendra dès lundi matin chez Me N. et lui remettra le chèque en main propre. J'ai envoyé, avant de partir, un long texto au Dr Bertrand pour le remercier de son intervention – car à ce moment, j'ai toutes les raisons de penser que c'est son coup de téléphone qui a convaincu Odile de faire la navette depuis Rennes avec le chèque.

Pour retracer les événements qui se sont succédé ce lundi – événements dont je n'ai eu qu'une connaissance partielle sur le moment –, je suis obligée de croiser les témoignages. On me pardonnera de passer de l'un à l'autre sans transition.

C'est tout d'abord le Dr Bertrand qui essaie de joindre Jenny au téléphone vers neuf heures du matin. Averti par mon texto, il veut féliciter « l'heureuse propriétaire de La Jonchère ». Ses compliments tombent à plat. Jenny lui répond d'un ton sec qu'elle ne peut pas lui parler pour l'instant. Elle attend des techniciens qui doivent expertiser l'installation de gaz, formalité indispensable pour la vente de la maison. Elle le rappellera quand elle pourra. Patrick Bertrand raccroche, un peu surpris. Jenny n'a jamais traité ainsi son *Papounet.* Il restera sans nouvelle d'elle jusqu'au samedi suivant. « J'ai été très occupée », s'excusera-t-elle. Il ne lui en tiendra pas rigueur, car jusqu'au bout, jusqu'à ce qu'il devienne absolument impossible de nier l'évidence, lui comme Nicole ne cesseront de lui prodiguer généreusement confiance et affection.

C'est à présent Jacinthe qui raconte comment, montant à l'étage pour faire le ménage, elle surprend involontairement une conversation téléphonique dans la chambre de

Jenny. Celle-ci a mis le haut-parleur, elle parle avec sa mère.

« Mais qu'est-ce que tu fais encore dans cette maison ? s'insurge Odile. Rentre à la maison, tu n'as rien à faire là !

— Mais non, maman, répond Jenny, je ne peux pas, il faut que je parle à Line !

— Pourquoi tu es encore là ? Rentre ! » insiste sa mère.

La conversation se poursuit sur le même ton un court instant, puis Jenny raccroche. Jacinthe l'entend pleurer. « Pas des petites larmes, spécifie Jacinthe, une vraie crise de nerfs. » Elle frappe et entre. Jenny sanglote, roulée en boule sur son lit. Stupéfaite, elle lui demande ce qui se passe. « J'ai fait une grosse bêtise, dit Jenny. Une grosse grosse bêtise. » Jacinthe tente de relativiser. Une grosse bêtise, ça s'arrange, on trouve toujours une solution. « Oh non, une bêtise comme ça, ça ne s'arrange pas », répond Jenny, inconsolable. Impossible d'en savoir plus.

Jacinthe lui monte un café, s'installe en face d'elle. Sa présence amicale apaise Jenny qui se calme peu à peu. « Il faut que je parte voir Madame », déclare-t-elle soudain. Jacinthe tente de l'en dissuader. Prendre la route dans l'état où elle est, c'est très imprudent. Pourquoi ne m'appelle-t-elle pas ? Jenny remue la tête.

« Ce que j'ai à lui dire, ça se dit pas par téléphone. »

Comprenant qu'elle ne parviendra pas à la convaincre, Jacinthe l'aide à rassembler quelques affaires et à les fourrer dans un sac. Dix minutes plus tard, Jenny a quitté La Jonchère au volant de sa voiture, sous le regard inquiet de Jacinthe.

Fondu enchaîné, ellipse, je poursuis avec le témoignage de Sandra qui, la première, aperçoit Jenny sur le perron de l'hôtel Royal à Lausanne, où nous arrivons en voiture.

« C'était pas du tout prévu qu'elle soit là, me dit Sandra. Dans la voiture, vous vous rappelez, on avait ri, on avait chanté pendant tout le trajet, c'était la super bonne ambiance. Dès que je l'ai vue, j'ai pensé Aïe, aïe, aïe ! Voilà Misery. Les embrouilles commencent. »

Elle me sait fragile et elle établit intuitivement une relation entre Jenny, sa présence, son influence, et les crises intestinales qui m'épuisent et dont la fréquence augmente de façon inquiétante. Hier soir encore – conséquence probable des violentes émotions du week-end –, j'ai été victime d'une forte hémorragie quelques instants avant d'entrer en scène. Dans ces cas-là, Sandra fait la leçon au régisseur : « Attention ! Si je vous dis de baisser le rideau, vous le baissez immédiatement, compris ? » Elle n'a pas l'air de plaisanter et sa détermination en impose. Sans bien comprendre de quoi il retourne, tout le monde se tient prêt à lui obéir. Finalement, la veille, au Luxembourg, la représentation s'est déroulée sans encombre. De l'avis de toute l'équipe, c'est même la meilleure que l'on ait donnée depuis le début de la tournée. Voilà pourquoi j'adore ce métier : les financiers, les technocrates, les spécialistes marketing auront beau s'escrimer, jamais ils n'arriveront à le faire rentrer dans leurs cases. Échec ou réussite, bide ou succès, rien ne se passe jamais comme prévu, c'est notre chance, à nous autres, artistes, et le meilleur gage de liberté.

Pour en revenir à notre arrivée à Lausanne, ce lundi, je dois admettre que je ne suis pas non plus particulièrement heureuse de voir Jenny. Comme si tout à coup les angoisses, les doutes, la méfiance de ces derniers jours ressurgissaient et venaient gâcher le climat d'insouciance et de légèreté que Sandra et David s'ingénient à maintenir autour de moi.

À peine suis-je descendue de voiture qu'elle me harponne.

« Il faut que je vous parle, Line. C'est très grave. »

Allons bon ! Qu'est-ce qui se passe ?

Le temps qu'on prépare ma chambre, nous nous installons au bar. Je l'interroge. Qu'est-ce qu'elle fait là ? A-t-elle remis le chèque à Me N. ? Elle explose. Non, elle n'a pas remis le chèque ! Le Dr Bertrand a tout gâché, il l'a trahie ! Il a téléphoné à sa mère ! Il lui a raconté n'importe quoi ! Du coup, Odile s'oppose formellement à l'achat de La Jonchère. Tout est fichu.

Je tombe des nues. Patrick Bertrand a téléphoné à Odile samedi matin, à la suite de quoi, d'après ce que j'ai cru comprendre, celle-ci a pris le train pour remettre le chèque à Jenny. N'est-ce pas la preuve qu'elle approuve les projets de sa fille ? Jenny remue la tête, obstinée. Le Dr Bertrand a été maladroit, sa maman s'est sentie humiliée. À présent, elle ne veut plus entendre parler de quoi que ce soit.

Dois-je lui faire remarquer qu'elle m'avait pourtant affirmé, quelque temps auparavant, qu'elle n'avait pas besoin de l'accord de sa mère pour agir comme il lui plaisait ? Je m'abstiens. Visiblement, Jenny n'est pas dans son état normal. J'ignore quel nouveau mystère se dissimule derrière ce brutal retournement de situation, mais je sais par contre qu'il ne faut absolument pas entrer dans son jeu ni répondre aux cris et aux imprécations par la surenchère.

« Écoute, ma petite fille, lui dis-je sur le ton le plus calme que je puisse trouver, j'en ai assez de toutes ces simagrées. Je suis fatiguée, je joue ce soir, je dois monter me reposer. Débrouille-toi comme tu veux, mais sache que je n'irai pas plus loin si je n'ai pas reçu d'ici deux jours une lettre de ta mère me confirmant son accord.

— Mais Line !... » tente d'argumenter Jenny.

Je l'interromps.

« Non, Jenny. Je ne veux plus discuter. J'ai dit ce que j'avais à te dire, tu sais ce qu'il te reste à faire. »

Je me lève et me dirige vers l'ascenseur. Un instant je crois qu'elle va me suivre, mais non. Elle reste assise, seule au milieu du bar désespérément vide à cette heure.

Montée dans ma chambre, j'appelle aussitôt Patrick Bertrand et lui demande ce qu'il a dit exactement à Odile le samedi matin, lorsqu'il l'a appelée.

« Que tu étais très ennuyée, que tu avais besoin de récupérer le chèque le plus vite possible.

— Qu'est-ce qu'elle t'a répondu ? Est-ce qu'elle semblait fâchée ?

— Non. Un peu surprise, c'est tout.

— Pourquoi surprise ? »

Je sens une certaine hésitation au bout du fil.

« Patrick ?

— Elle m'a dit qu'elle ne comprenait pas pourquoi tu accordais tellement d'importance à ce chèque.

— Un chèque d'un montant pareil ? Mais c'est ahurissant !

— Elle a ajouté qu'à l'occasion, elle le donnerait à Jenny. C'est pour ça, quand j'ai lu ton texto, j'ai été très surpris d'apprendre qu'elle était finalement venue à Paris toutes affaires cessantes. »

Je réfléchis rapidement. Le chèque dont parlait Odile était-il le même que celui auquel Patrick faisait allusion ? Se pourrait-il qu'il y ait eu confusion ? L'hypothèse me semble tellement invraisemblable que je l'écarte immédiatement. Je demande tout de même à Patrick si à un moment ou à un autre de la conversation, il a été question de la vente de La Jonchère. Il hésite. Non, finit-il par répondre. Enfin peut-être, il ne sait plus. Ils ne se sont pas éternisés au téléphone, Odile était occupée et lui-même avait déjà cinq patients qui poireautaient dans la salle d'attente.

Je raccroche, perplexe. Moi qui croyais, la veille encore, avoir enfin traversé la zone des tempêtes, me voilà de nouveau au cœur d'un drame auquel je ne comprends rien.

On sonne à la porte de la petite suite que j'occupe dans ce bel hôtel au bord du lac Léman. Je vais ouvrir, c'est un jeune homme bodybuildé entièrement vêtu de blanc, petite moustache frisotée, teint hâlé, dents étincelantes. « Je suis Arthur, votre masseur, madame », dit-il comme s'il m'annonçait une excellente nouvelle. Mon Dieu, je l'avais oublié, celui-là !

J'avais demandé à Sandra de me retenir une heure de massage, car dans la liste de mes petits bobos, j'ai oublié de parler de mon dos.

C'était pendant la tournée de *Chère Mathilde.* Nous devions jouer à Marseille et, malgré ma hantise de l'avion, j'avais été obligée, pour je ne sais plus quelle raison, de consentir à ce mode de transport. Mon partenaire, Samuel Labarthe, merveilleux acteur et le plus charmant des amis, voyage avec moi. Dans cet Airbus, on nous a donné des places complètement à l'avant, c'est-à-dire que face à nous, il y a non pas des sièges mais une cloison. Samuel m'a parlé pendant tout le trajet, nous avons beaucoup ri, j'en ai oublié d'avoir peur. Reste l'atterrissage, moment redoutable entre tous. Nous survolons la mer, faisons un large virage, mettons le cap sur Marignane. Je me crispe, agrippe la main de Samuel, l'appareil perd de l'altitude, se met dans l'axe de la piste, les roues touchent le sol, une équipe de jeunes sportifs qui voyagent avec nous applaudissent à tout rompre. L'avion roule, roule, roule, va-t-il parvenir à s'arrêter ? Je décide d'apporter mon aide au pilote et, de toutes mes forces, appuie du pied gauche sur la cloison face à moi, exactement comme j'aurais appuyé sur le frein dans ma petite Smart. Je ressens une douleur affreuse, je pousse un hurlement, il faut me débarquer de l'avion dans un fauteuil roulant. Le spécialiste appelé à mon chevet diagnostique une saillie discale. Il me prescrit trois jours d'immobilisation totale. Malgré la souffrance, j'éclate de rire. Trois jours ? Impossible ! Je joue ce soir, et pour tout arranger, l'auteur de la pièce, Israël Horovitz, spécialement venu des États-Unis, sera présent parmi les spectateurs du Théâtre Toursky !

On me fait une piqûre sous radio dans la colonne vertébrale, le soir j'entre en scène. La douleur est si vive que j'en pleure. Heureux hasard, je dois pleurer dans ma première scène. Le public me trouve extrêmement émouvante...

Exploit aussi héroïque qu'imprudent. Il m'en est resté quelques douleurs que des massages réguliers et des exercices dans l'eau maintiennent dans la limite du supportable.

Tandis que je me remémore mon atterrissage malheureux, Arthur-votre-masseur s'est mis au boulot. Il est habile, je sens une douce torpeur m'envahir. Coup de chance, Arthur n'éprouve pas le besoin, comme beaucoup de ses consœurs et confrères, de me faire la conversation. Par contre, il sifflote. Personne n'est parfait. Cela ne m'empêche pas de m'endormir, ce qui m'évite de gamberger.

Le soir, durant la représentation au magnifique Théâtre de Beausobre à Morges, Jenny se fait discrète. Elle évite les coulisses, suit le spectacle depuis la salle. Elle rentre subrepticement à l'hôtel, saute le dîner et monte directement dans sa chambre.

Le lendemain matin, je trouve un SMS sur mon portable, envoyé à une heure vingt du matin :

Mon bonheur est avec vous. Je tiens à vous plus qu'à tout et c'est pour ça que je suis venue vous rejoindre. Vous êtes ma mamie, je suis votre petite-fille et je serai toujours là pour vous. Poussinette.

Chapitre dix

Nuit blanche

Le lendemain, peu avant dix-sept heures, Jenny sonne à ma porte. Nous avons à peine échangé trois mots depuis notre altercation au bar de l'hôtel.

« Regardez vos mails sur votre iPad, Line, vous allez avoir une bonne surprise ! » me dit-elle.

Regarder un mail sur son iPad est probablement une opération très simple pour la majorité des gens. Pas pour moi. Je dois le sortir de ma valise, le brancher car il est déchargé, me connecter au réseau Wi-Fi de l'hôtel... Jenny sait faire, elle. Elle prend les opérations en main. Perdu au milieu d'une myriade de messages en tout genre qui s'accumulent dans ma boîte mail, s'affiche enfin celui d'Odile – ou attribué à Odile.

« Très chère Line,

J'ai essayé de vous joindre au téléphone tout à l'heure en vain. Jenny m'a dit que vous étiez en train de vous reposer dans votre chambre. Je suis consciente de tout ce que représente La Jonchère pour vous et pour Jenny. Je ne serai plus l'élément de discorde sur ce viager, je suis rassurée. Le plus important à mes yeux est le bonheur de Jenny et je peux vous le garantir, elle est heureuse auprès de vous. Je suis très touchée de l'avenir que vous préparez pour Jenny. C'est une réelle chance pour ma fille. Ne lui en voulez pas, elle vous aime énormément.

Merci pour elle. Vous la rendez heureuse.

Je vous embrasse très fort,

Odile »

J'ai écrit plus haut, par précaution, « le mail d'Odile – ou attribué à Odile ». Mais l'honnêteté m'oblige à dire qu'à cet instant, je n'ai pas le moindre doute à ce sujet. C'est Odile qui m'écrit, son message est amical, affectueux même. Les malentendus sont dissipés, les derniers obstacles aplanis.

Comment faire admettre que malgré tant d'indices troublants, d'incohérences, de contradictions, j'aie pu, comme on dit familièrement, *tomber dans le panneau* ? Comment être certaine qu'on me comprendra ?

J'ai, au fil des pages, essayé d'apporter des explications plus ou moins convaincantes à cette bizarre cécité. Je dois en ajouter une. Le métier que je fais depuis si longtemps est lui-même rempli d'incohérences et de contradictions. À force de vivre dans l'instabilité, on s'en fait une philosophie. Plus rien ne vous étonne, on s'attend à tout. Au meilleur comme au pire. Cette endurance a son revers : au lieu de dire stop lorsqu'il en est encore temps, on est tenté d'aller plus loin, on s'obstine, on flirte avec les limites. J'ai été imprudente. Mais ne l'ai-je pas été toute ma vie ? Est-il encore temps de changer ? En ai-je seulement envie ?

À peine lu, je transmets le mail d'Odile à Me N., accompagné du message suivant : « *Cher Olivier, Je suis avec Jenny. Sa maman vient de m'envoyer ce mail très rassurant. J'en suis très satisfaite, Jenny aussi. Cela éclaircit totalement nos doutes pour la promesse de vente et la suite. Très amicalement, Line.* »

Quelques instants plus tard, je reçois sa réponse adressée à nous deux : « *Chère Line, chère Jenny* »

Il se réjouit de voir les difficultés résolues, nous fait savoir qu'il est actuellement en déplacement et ne rentrera à Paris qu'en fin de semaine. Il donne rendez-vous à Jenny le lundi 4 mars à dix heures de matin afin qu'elle lui remette le chèque.

En somme, en inventant de toutes pièces l'épisode maternel, Jenny a repoussé l'échéance d'une semaine.

Que s'est-il passé exactement et quelles étaient ses intentions lorsqu'elle est partie me rejoindre en Suisse ? Que penser de l'attitude d'Odile ? Quel rôle a-t-elle joué dans cet imbroglio ? Que savait-elle ? Quand a-t-elle su ? A-t-elle voulu protéger sa fille, l'aider, en quelque sorte, à atterrir en douceur, à sortir progressivement de son délire ? Ou bien, comme je m'en étais ouverte au Dr Bertrand, ai-je eu affaire à deux folles ? Ou bien encore, hypothèse que je n'ai pas le droit d'écarter, Odile n'était-elle au courant de rien et n'a-t-elle découvert la vérité qu'après coup, comme elle me l'a affirmé par la suite ?

Lorsque Jacinthe, le lundi matin, surprend Jenny en pleurs, cette dernière lui dit : « J'ai fait une grosse bêtise. » Il paraît évident qu'elle parle alors de la mystification qu'elle a mise en place le 28 août en prétendant vouloir acheter La Jonchère. N'oublions pas qu'elle a rendez-vous quelques instants plus tard avec Me N. pour lui remettre le chèque dont elle sait pertinemment qu'il est faux puisqu'elle l'a fabriqué elle-même. Aujourd'hui, au plus tard demain, la vérité va éclater, avec toutes les conséquences qu'elle peut imaginer. Jacinthe se montre compatissante, elle lui prépare un café, elle s'assoit en face d'elle, elle l'approvisionne abondamment en kleenex. Jenny se calme et réfléchit.

Plutôt que de subir l'humiliation qui suivra inévitablement la remise du chèque entre les mains de Me N., elle se dit qu'il vaut mieux qu'elle m'avoue elle-même sa « grosse bêtise ». La honte en sera moindre. On remarquera que l'expression utilisée par Jenny revêt un aspect enfantin et par là même, sinon excusable, du moins libéré de tout aspect infamant. Il ne s'agit pas d'une « grosse connerie », encore moins d'une « vilaine arnaque », voire d'une escroquerie pure et simple.

J'imagine que durant les sept heures de route qui la séparent de Lausanne, Jenny, reprenant peu à peu ses esprits, se dit qu'elle a peut-être encore une carte à jouer. Sa mère lui a fait part du coup de téléphone du Dr Bertrand. Qu'elle soit plus ou moins au courant des élucubrations de sa fille ou pas du tout, elle s'en est montrée extrêmement fâchée. Lorsqu'elle arrive à destination, Jenny a trouvé la parade : sa mère s'oppose à l'achat de La Jonchère.

En attendant, le faux chèque est toujours dans sa poche, et tant qu'il y restera, elle pourra continuer à bénéficier de son statut de future propriétaire de La Jonchère.

J'exige une lettre d'accord de sa mère ? Un temps désarçonnée, Jenny résout facilement le problème. Odile n'a ni ordinateur ni smartphone, Jenny a insisté pour lui ouvrir un compte Internet dont elle ne se sert jamais. Les rares mails qu'elle reçoit aboutissent directement sur l'ordinateur de Jenny, qui peut, de son côté, utiliser à sa guise le compte de sa mère. Jenny laisse passer un délai de rigueur – le temps nécessaire pour, fictivement, convaincre sa mère – et m'adresse le mail par lequel Odile consent finalement à l'achat de La Jonchère.

Une fois de plus, la vie obéit au roman et non l'inverse : Me N. est absent de Paris, il ne sera de retour qu'en fin de semaine. Jenny n'est donc pas contrainte de rentrer d'urgence pour lui remettre le chèque. Elle bénéficie miraculeusement d'un délai supplémentaire et en profite pour rester en Suisse avec nous. Avec moi, devrais-je dire, car durant ces quelques jours, elle se montre particulièrement possessive, et même insupportablement jalouse.

Sandra en garde un souvenir très déplaisant.

« Elle vous collait tout le temps, si quelqu'un d'autre s'asseyait à côté de vous, elle l'obligeait à lui céder sa place, elle vous prenait la main, c'était vraiment gênant… »

Soixante-dix ans de carrière m'ont appris à tempérer les excès des fans, à modérer les emballements, à mettre de la distance lorsque je jugeais que la ferveur allait au-delà d'une limite acceptable. Limite que, Jenny, jusqu'à présent, avait su respecter, malgré quelques dérapages épistolaires – « Je vous aime plus que tout », « Vous êtes tout pour moi », etc.

Mais il est vrai qu'en Suisse, elle s'est brusquement lâchée. Comme si elle n'avait plus rien à perdre, sachant qu'elle était en sursis. Prise à son propre jeu, abusée par son rôle, victime de sa propre imposture, elle s'est brusquement sentie envahie d'un sentiment de toute-puissance. Elle est riche, elle est propriétaire de La Jonchère et en acquérant cette maison, elle s'est adjugé du même coup tout ce qui s'y attache, à commencer par moi-même. Désormais, je lui appartiens. Elle dispose de moi à son gré et défend âprement son bien.

D'où l'incident qui éclate à Saint-Maurice, deux jours plus tard. Je loge à Lavey-les-Bains, dans un centre de thalassothérapie tenu par un couple charmant. Par le plus grand des hasards, j'ai rencontré la femme bien des années auparavant. Anne-Caroline, sa fille issue d'un premier mariage, est maintenant une belle jeune femme d'une trentaine d'années. Nous dînons tous ensemble.

Anne-Caroline a fait Langues O', elle a vécu à Shanghai, à Canton, en Amérique du Sud. Je lui pose mille questions, fascinée par son audace et la diversité des expériences qu'elle a vécues. Le dîner est excellent, nous passons une très bonne soirée. Tout à coup, j'entends couiner mon téléphone posé sur la table à côté de moi. Je jette machinalement un coup d'œil à l'écran. C'est un message de Jenny. Surprise, je regarde à ma droite, où elle était assise il y a encore un instant. Sa place est vide. David, à qui rien n'échappe, me désigne discrètement un point derrière moi. Je me retourne. Jenny s'est installée seule à l'écart. Elle m'affronte du regard, visiblement furieuse. Je lis rapidement son message. Il m'épouvante.

Line, vous n'avez pas eu un regard pour moi de toute la soirée. Je suis extrêmement déçue. Est-ce que cette femme est plus intéressante que moi ?

Je me maîtrise à grand-peine et, bien que bouleversée, reprend ma conversation avec Anne-Caroline. Peu après, David et Sandra demandent la permission de se retirer. Au passage, David me glisse : « Elle est montée se coucher. »

Je ne tarde pas à regagner ma chambre à mon tour.

Vers quatre heures du matin, je reçois un texto de Jenny.

Pardon, ma mamounette. Ne m'en voulez pas. Je vous aime trop. Faites un bon dodo. Votre Poussinette qui ne sera plus jamais méchante avec vous.

Mamounette, Poussinette, un bon dodo... Impossible de continuer comme ça. Je dois réagir. Avant la vente ? Après la vente ? Et d'abord, faut-il laisser faire cette vente ? Il est encore temps de se rétracter. Rentrant à Paris après le spectacle, le vendredi dans la nuit, je réfléchis durant tout le trajet à ce qu'il convient de faire. Heureusement, Jenny, qui a enfin repris contact avec Patrick et Nicole, passera la journée du dimanche chez eux. Ce qui me laissera le temps de prendre une décision.

*

Et les Porsche, dans tout ça ? David s'impatiente. Il n'est pas loin de penser que Jenny « raconte n'importe quoi ». Plus les jours passent, plus Noël semble s'éloigner. Il se creuse la tête, trouve un prétexte et appelle le concessionnaire Porsche de Rennes pour savoir si deux Porsche, une Panamera et une Cayenne, leur ont bien été commandées.

« À quel nom ? demande la jeune femme qu'il a au téléphone.

— Jennifer Lange », répond David.

Elle consulte son ordinateur. Aucune commande à ce nom. Les doutes de David se transforment en certitude : Jenny l'a embobiné. Pendant qu'il y est, il demande à la jeune femme – super sympa, précise-t-il – si elle dispose de ces deux modèles en stock.

« Oui, lui répond-elle, nous en avons une de chaque sur le parking.

— De quelle couleur ? s'informe encore David.

— Grises, lui répond la jeune femme.

— Toutes les deux ?

— Oui, toutes les deux. »

Il raccroche et, à la première occasion, prend Jenny à part. Certain de la démasquer, tel un justicier ou un grand inquisiteur, il lui assène les preuves. À sa grande surprise, elle hausse les épaules, réellement embarrassée. « Bien sûr, dit-elle. La commande est au nom de mon papy ! »

David en reste bouche bée. Jenny lui explique que son papy faisant partie du club Porsche, il bénéficiait d'une remise et l'en a fait profiter.

« Le seul problème, ajoute-t-elle, c'est pour la couleur. Noir et rouge, il aurait fallu attendre six semaines. Du coup, j'ai pris gris.

— Toutes les deux ?

— Oui, toutes les deux. »

Exactement ce que lui avait dit la jeune femme « super sympa » chez Porsche.

Une fois de plus, Jenny a fabriqué du faux avec un peu de vrai. David ne sait plus que penser.

« Je vous assure, Line, me dit David, aujourd'hui encore stupéfait par l'aplomb et la présence d'esprit de Jenny. Elle n'a pas hésité une seconde. C'est sorti comme ça ! » Et il ajoute :

« J'ai bien regardé sa carotide, elle battait normalement. »

Car David a souvent travaillé – et travaille encore parfois – dans la sécurité. Il en garde certains réflexes, dispose d'une grille d'observation pour détecter les menteurs, les tricheurs, ceux qui bluffent d'une manière générale. L'un des indices qui ne trompent pas : la carotide. Quand on ment, elle bat à un rythme désordonné. Voilà pourquoi les arnaqueurs professionnels portent généralement des vêtements qui dissimulent leur cou, foulard ou col roulé.

La carotide de Jenny battait normalement… Ce qui, dans son cas, ne signifiait pas qu'elle disait la vérité, mais qu'elle n'avait pas le sentiment de mentir. Elle mentait vrai, en quelque sorte.

Pour David, Noël retrouve des couleurs.

« Il faudra bien aller les chercher, tout de même, ces voitures, dit-il à Jenny.

— Demain c'est dimanche, lundi, j'ai rendez-vous chez Me N. pour la remise du chèque. Nous irons à Rennes mardi. »

Mardi, en effet, Jenny ira à Rennes. Mais pour ne plus en revenir. Et deux voitures grises continueront à attendre acquéreur sur le parking de la concession Porsche.

*

Comme prévu, Jenny passe le dimanche chez Patrick et Nicole. Elle y est accueillie avec toute la gentillesse dont ces gens merveilleux sont capables. Il n'est pas question ou presque des incidents qui ont alourdi l'atmosphère ces derniers jours. La seule allusion qui y est faite provient de Jenny. Elle dit au Dr Bertrand : « Un jour, je t'expliquerai pourquoi ma mère n'était pas chez le notaire le jour de la signature. » Patrick ne cherche pas à en savoir plus. Le soir, Jenny retourne dormir à La Jonchère.

Le lendemain matin, lundi 4 mars 2013, David se réveille vers sept heures. Lorsqu'il termine son service tardivement – ce qui a été le cas la veille – ou commence très tôt, il préfère dormir ici, dans le petit studio que je mets à sa disposition. Il se lève, donc, prend une douche, ouvre son volet et s'apprête à se préparer un café lorsqu'il aperçoit la voiture du Dr Bertrand dans la cour. Il se penche, regarde du côté de ma chambre. Pas de lumière. Intrigué, il appelle Marie-Annick sur le standard de la maison.

« Qu'est-ce qui se passe, demande-t-il. Madame est malade ?

— Non, c'est Jenny. Elle a fait une chute dans l'escalier, elle m'a demandé d'appeler le Dr Bertrand.

— C'est grave ?

— Pas trop, je crois. Mais elle a mal, elle est inquiète, le docteur va lui faire passer une radio pour la rassurer. »

David, immédiatement, établit la relation entre cet accident soudain et le rendez-vous prévu un peu plus tard chez Me N. N'est-ce pas une nouvelle astuce pour y échapper ? Il demande à Jacinthe de prévenir Patrick Bertrand qu'il souhaite lui parler, termine rapidement de se préparer et fonce vers la maison.

Les deux hommes s'enferment dans le petit salon. Patrick est pressé, soucieux, d'assez mauvais poil – chose rare chez lui. Peut-être lui-même commence-t-il à éprouver des doutes, et c'est ce qui motive son humeur de chien. Mais cela, je ne le saurai jamais. Ce qui s'est exactement passé entre Jenny et lui ce matin-là reste encore confidentiel. Praticien scrupuleux, il respecte à la lettre le secret médical. Aussi, lorsque David lui fait part de ses soupçons, Patrick le prend très mal. Jenny a été victime d'un accident, il a établi un diagnostic, rien n'autorise David à se livrer à des spéculations oiseuses sur son état de santé. David prend la mouche, le ton monte. Finalement, la raison reprend le dessus, l'ambiance s'apaise, David promet au docteur d'emmener Jenny à Parly 2 pour passer une radio. Ce qu'il fait quelques instants plus tard et que j'apprendrai par Marie-Annick, avec le reste de l'affaire, en me réveillant, vers dix heures. Le rendez-vous avec Me N. est une nouvelle fois annulé.

David m'appelle de la clinique où il a conduit Jenny. La radio a révélé une entorse bénigne de la cheville. Je lui demande de ne pas quitter Jenny d'une semelle – ce qui ne devrait pas être trop difficile dans la mesure où elle a insisté pour se procurer une paire de béquilles et s'appuie dessus lourdement. Un nouveau rendez-vous avec Me N. a été fixé au bureau à quinze heures. C'est David qui conduira Jenny au rendez-vous et la surveillera étroitement d'ici là pour empêcher toute nouvelle diversion.

Peu avant quinze heures, David arrive rue du Bois-de-Boulogne, remorquant Jenny. Me N. et moi sommes installés dans mon bureau, au premier étage. David me dira plus tard, qu'arrivée au pied des marches, Jenny, toujours appuyée sur ses béquilles, a une défaillance. Elle est très pâle, elle trébuche, David doit la retenir.

« Je ne me sens pas bien, dit-elle. Ramène-moi à La Jonchère.

— Pas question, répond fermement David. Tu es là, maintenant tu vas au bout. »

Il l'empoigne et l'aide – ou la contraint – à gravir l'escalier.

« C'était la marche au supplice, commente David. Vous voyez ce que je veux dire ? »

Je vois très bien et ne peux m'empêcher d'éprouver une profonde pitié pour cette jeune femme qui a épuisé tout recours et sait que plus rien ne peut la sauver du désastre.

Quelques minutes plus tard, les derniers papiers signés, le chèque précieusement rangé dans sa serviette, Me N. quitte la rue du Bois-de-Boulogne. La Jonchère a changé de mains. Jenny, pour quelques heures, en est la nouvelle propriétaire.

*

Le lendemain mardi, alors que David, Sandra et moi roulons vers Le Havre où je joue le soir, Me N. m'appelle.

« Line, j'ai une mauvaise nouvelle à vous annoncer, dit-il d'une voix sépulcrale. Le chèque que m'a remis Jenny est un faux.

— Quoi ? Vous en êtes certain ?

— Hélas, tout à fait. C'est une imitation, d'ailleurs assez grossière, réalisée à partir d'une imprimante couleur. »

L'imprimante couleur ! Mon cadeau de Noël...

Il me demande des instructions. Doit-il présenter le chèque à la banque ? Ai-je l'intention de porter plainte ? Je le prie de m'accorder un temps de réflexion. En attendant, qu'il conserve le chèque par-devers lui.

Je raccroche. Suis-je vraiment surprise ? Non. Il y a plusieurs jours que je pressens un tel dénouement. Suis-je déçue ? Non plus. Ma confiance en Jenny, déjà largement entamée, n'a pas résisté aux orages de ces derniers jours. Au point que j'ai le sentiment d'avoir échappé à un grand péril.

En réalité, je me sens, pourquoi ne pas l'avouer, simultanément furieuse et profondément vexée. Et aussi terriblement lasse, comme si j'avais été rouée de coups. Comment vais-je faire, tout à l'heure, sur scène, pour avoir l'air sincère lorsque je m'efforcerai de communiquer à Harold mon optimisme et mon amour de la vie ?

« Mais allez-y, bon Dieu ! Foncez ! Tant pis si ça fait mal ! Vivez !

— Vous n'avez pas peur ?

— Peur de quoi ? Ce qui est connu, je le connais, ce qui est inconnu, je cherche à le connaître ! »

Le mensonge, pour détestable qu'il soit, a quelque chose de net, de tranché. J'allais dire : de franc. D'un côté le vrai, de l'autre le faux. La mythomanie, au contraire, abolit les frontières. Le vrai et le faux se confondent, l'absolue sincérité côtoie l'extrême duplicité. Le mythomane abuse l'autre et le mystifie, mais il s'abuse d'abord lui-même et devient prisonnier – et souvent victime – de ses propres affabulations. Avec Jenny, j'ai entrevu soudain un monde dépourvu de repères, trouble et menaçant. Ce monde me fait peur, et que Maude me pardonne, je ne désire pas le connaître, mais au contraire le fuir.

*

Il est une heure du matin. Sandra, David et moi venons d'arriver à La Jonchère. Pressés de rentrer à Paris, nous avons quitté Le Havre dès la fin du spectacle, négligeant le sympathique buffet que les gens du théâtre avaient préparé à notre intention. Marie-Annick nous a accueillis en robe de chambre – que Sandra s'obstine à appeler djellaba. Nous montons dans ma chambre où je la mets rapidement au courant de la situation. Elle n'est pas vraiment surprise, puisqu'elle était déjà intimement persuadée – c'est à ce moment que je l'apprends – que le chèque était faux.

Jenny, me dit-elle, s'est couchée de bonne heure. Au cas où elle se lèverait, je lui recommande, comme je l'ai fait avec Sandra et David, de ne surtout pas aborder la question devant elle. Jenny ne doit pas se douter que nous savons. Mon plan, à ce moment, est de réunir le lendemain matin, au bureau, tous ceux qu'elle a trompés et de la confondre en leur présence. Démarche tout à fait inappropriée, dont fort heureusement le Dr Bertrand me dissuadera dans la nuit. Car pour lui, il ne fait aucun doute que Jenny se trouve dans un état de misère morale absolue et quels que soient ses torts, c'est cela qu'il faut prendre en considération. L'argument suffit à me convaincre. Je remise mon plan, dicté, j'en conviens, par le ressentiment.

Commence alors une longue nuit où le drame le dispute à la farce. Marie-Annick nous a préparé un petit en-cas, nous nous serrons autour de la table de la cuisine et nous mettons à casser la croûte. Un peu comme dans les lunchs qui suivent les enterrements, chacun, au début, se croit obligé de faire une tête de circonstance et, grignote du bout des dents. Puis l'appétit vient, une plaisanterie fuse qui déclenche les premiers rires et au bout d'un moment, l'angoisse, la tension accumulée, le chagrin même, loin d'être des freins, concourent à alimenter une joyeuse excitation. Donc nous rions beaucoup et pour un rien au cours de cette nuit. Respectant mes consignes, personne n'aborde la question qui, pourtant, nous préoccupe tous. Vers trois heures du matin, épuisée, je vais me coucher. À peine suis-je remontée, me dira Sandra, que Jenny apparaît, en chemise de nuit. Elle est très pâle, elle boite. On l'invite à s'asseoir, elle refuse et reste là, silencieuse, plombant l'atmosphère.

Plusieurs fois, Sandra lui conseille d'aller se coucher. Elle refuse. Puis finalement s'y résout.

Les conversations et les rires, un instant freinés, reprennent. Une demi-heure plus tard, je suis de retour. Je viens de recevoir un nouvel appel du Dr Bertrand. Il me conseille de m'enfermer à clé dans ma chambre et de ne pas laisser Jenny sans surveillance. Car l'accablement, le dégoût d'elle-même pourraient la conduire à faire une bêtise.

M'enfermer à clé, je veux bien, mais où est la clé ? On la cherche sans succès. Tant pis, je laisserai ma porte ouverte, advienne que pourra. Par sécurité, Marie-Annick juge préférable de décrocher une épée qui orne un mur du salon. La voir brandir cette arme démesurée, drapée dans sa djellaba, est un spectacle assez surprenant.

Je retourne me coucher, laissant David et Marie-Annick en train de s'interroger pour savoir sous quel prétexte ils vont pouvoir pénétrer dans la chambre de Jenny pour vérifier qu'elle n'a pas mis fin à ses jours. Finalement, David imagine de déclencher artificiellement l'alarme au moyen d'un ingénieux bidouillage. Ce qui permet à Marie-Annick de constater que Jenny, si elle a été réveillée par les hurlements de l'avertisseur, n'en est pas moins couchée dans son lit, bien vivante.

Il est cinq heures et demie du matin. Marie-Annick titube de fatigue. Elle va prendre quelques heures de repos, laissant David monter la garde.

Dans la nuit, Jenny m'a envoyé deux messages. Voici le premier.

Je vous ai fait trop de mal. Demain, je repartirai pour Rennes, bien que ma vie sans vous soit impossible. Vous êtes tout pour moi. J'ai fait une énorme bêtise que vous ne pourrez jamais me pardonner. Je vous ai déçue. Je vous aime plus que tout. Votre Poussinette pour toujours.

Et le second :

Je vous ai perdue, c'était ma plus grande peur. C'est ma faute, j'ai tout gâché. Pardon, pardon. Poussinette.

Messages que je ne trouverai qu'au matin, lorsque Jacinthe me montera mon smartphone oublié dans la cuisine. À l'évidence, et malgré nos précautions, Jenny, dès ce moment, sait que son imposture a été découverte. Comment l'a-t-elle appris ? On ajoutera cette question à la longue liste des mystères non démêlés.

*

En 1947, la première fois que Loulou m'a emmenée visiter « sa » Côte d'Azur, il m'avait montré, à Antibes, les terrains qui, autrefois plantés de lavandes et de citronniers, avaient appartenu à sa famille. Sur l'un d'eux vient d'être édifiée une magnifique salle de spectacle, le Théâtre Anthéa, et la rue qui le borde a été rebaptisée « rue Line-Renaud-Loulou-Gasté ». J'ai promis d'assister à la conférence de presse que Daniel Benoin, son directeur artistique, donne à Paris ce mardi pour présenter la programmation de la nouvelle salle. David doit m'y conduire.

Vers neuf heures, fin prête, je termine de boire mon thé lorsque Jenny frappe à la porte. Elle entre, elle porte un pantalon noir, un pull ras du cou bleu marine, des ballerines, elle n'est pas maquillée. Au fond, elle a toujours dix-sept ans, elle a fait semblant d'avoir grandi comme elle a fait semblant d'être riche.

Elle s'approche de moi, s'agenouille, pose sa tête sur mes genoux.

« Vous n'allez plus m'aimer, dit-elle.

— Pourquoi as-tu fait ça ?

— Je ne sais pas…

— Que tu sois riche ou pas, qu'est-ce que ça changeait ?

— Rien… Rien… Je ne sais pas. »

Je caresse ses cheveux, dans un geste d'apaisement, je n'ose pas dire de pardon. Je suis trop meurtrie, trop profondément indignée pour pardonner.

« Tu sais ce que tu vas faire, Jenny ? Tu vas quitter La Jonchère, tu vas rentrer chez toi, enlever toutes les photos, toutes les affiches de Line Renaud que tu as accrochées aux murs, et tu vas m'oublier pour toujours.

— Je ne pourrai jamais.

— Pourtant, il le faut. »

Elle ne répond pas. Elle pleure doucement, la tête sur mes genoux. Je répète, sans cesser de caresser ses cheveux : « Tu as compris ? »

Elle dit oui, un oui aspiré, comme font les enfants. Puis elle se relève et sort.

Toute la scène n'a pas duré deux minutes.

Je n'ai plus jamais revu Jenny.

Depuis la voiture, j'appelle Patrick Bertrand. Il me conseille de ne pas rentrer à La Jonchère tant que Jenny n'aura pas quitté les lieux. Si bien que toute la matinée, j'appelle Marie-Annick pour savoir si Jenny est encore là ou pas. Marie-Annick et Jacinthe ont descendu ses valises du grenier, elles lui ont proposé de l'aider à rassembler ses affaires. Jenny ne semble pas comprendre de quoi elles lui parlent. Elle déambule dans la maison, l'air égaré. « J'attends Line ce soir », répète-t-elle. Finalement, les deux femmes font ses valises et les déposent à la porte.

« Donne-nous tes clés, on va les mettre dans ta voiture », lui disent-elles.

Mais Jenny refuse. Cela fait partie de ses marottes. Elle ferme toujours sa voiture à clé, même si elle ne s'en éloigne que de quelques mètres et refuse que quiconque y touche.

Alarmée, je décide de renvoyer David à La Jonchère. Il a toujours entretenu une relation privilégiée avec Jenny, peut-être saura-t-il la décider. Au besoin, si elle ne se sent pas en état de conduire, il pourra prendre le volant de sa voiture et la ramener à Rennes, quitte à rentrer par le train.

Ce qu'il lui propose et qu'elle refuse. David sent qu'il ne faut pas la brusquer. C'est elle qui doit, peu à peu, s'accoutumer à l'idée qu'il n'y a aucune alternative à son départ.

Ils prennent un café dans la cuisine.

« Comment tu as pu faire ça ? lui demande David.

— J'ai voulu briller. »

Elle éclate en sanglots.

« Prends soin de Line, dit-elle. Fais vraiment attention à elle ! »

David surveille sa carotide. Il m'assure qu'à cet instant, il la voit battre à un rythme accéléré.

« Toi, fais attention à toi ! » conclut-il.

Menace ou compassion ?

À dix-sept heures trente enfin, ses valises dans le coffre, Jenny monte dans sa voiture et quitte définitivement La Jonchère. David lui laisse prendre un peu d'avance et la suit. Arrivé au bas de la côte, à l'entrée de Rueil, là où s'embranchent autoroute et voie rapide, alors que six voitures les séparent, il la voit ralentir, comme si elle allait s'arrêter au feu qui passe à l'orange. Mais au dernier moment, « elle tape une accélération », selon l'expression de David, et se perd au loin.

Épilogue

Le vendredi 8 mars 2013, deux jours après le départ de Jenny, je suis hospitalisée à la clinique Montsouris. Prises de sang, coloscopie, les médecins tentent de comprendre d'où viennent les hémorragies qui se produisent quotidiennement et rendent ma vie insupportable. Ils croient les avoir jugulées, mais la rémission est de courte durée. Au moment précis où je me prépare à quitter l'hôpital, une nouvelle hémorragie se déclenche. Je reste un jour supplémentaire, subis de nouveaux examens et finis par rentrer à La Jonchère le lundi sans résultat probant.

Très affaiblie, je pars le mercredi pour Lyon où je joue le soir. Marie-Annick m'accompagne. Je n'ai plus de salive, je dois boire, boire et boire encore. Sandra dissimule des petites bouteilles d'eau dans tous les coins du décor. Elle est la seule à connaître mon état. Je parviens au bout de la représentation, le public me fait une *standing ovation*, des spectateurs jettent des fleurs sur la scène. Je ne sais comment je tiens sur mes jambes.

Le lendemain, on m'hospitalise de nouveau, complètement déshydratée. Le soir, pourtant, je joue à Voiron, le lendemain à Aix-les-Bains, puis nous partons dans l'Est, Verdun, Mutzig, avant de revenir en Suisse, Fribourg, Genève.

Je n'en peux plus.

Le samedi 6 avril, le spectacle se donne au Palais des congrès, au Mans. David me ramène dans la nuit à Paris. Quelques instants après être arrivée à La Jonchère, alors que je viens de monter dans ma chambre, une violente hémorragie se déclare. Marie-Annick appelle les secours, le SAMU m'emmène à l'hôpital de Parly 2. Le lendemain dimanche, je suis admise dans le service du professeur Hannoun, à la Pitié-Salpêtrière, qui m'opère trois jours plus tard. Quand je me réveille, il est à mon chevet.

« Bonne nouvelle, m'annonce-t-il avec un sourire. Pas de cancer ! »

Je reste huit semaines à l'hôpital, huit semaines qui, dans mon agenda, vont de « Je veux mourir, c'est l'horreur » le 16 avril, à « Je vais de mieux en mieux, je recommence à y croire » le 11 mai.

Un mois supplémentaire et j'attaque, fin juin, à Bordeaux, le tournage d'un nouveau film.

Merci, professeur Hannoun.

Épilogue

*

Il serait malvenu de rendre Jenny responsable de maux dont l'origine est bien antérieure aux événements que j'ai racontés dans ce livre. Il serait tout aussi absurde de nier que ces événements ont puissamment contribué à les aggraver, jusqu'à déclencher la crise à laquelle j'ai failli succomber. Comment décrire la rage, le dégoût, le sentiment de viol dont j'ai été saisie lorsqu'il est devenu clair que Jenny avait sciemment abusé de ma confiance, qu'elle m'avait mystifiée avec une facilité déconcertante, que mon entourage s'y était laissé prendre et avait involontairement favorisé ses plans ?

Allongée dans ma chambre d'hôpital, somnolente, nauséeuse, en proie à un affreux sentiment de solitude, remâchant sans cesse les épisodes du mauvais feuilleton que je viens de vivre, une chose me paraît tout à coup évidente : Jenny a fait preuve d'une virtuosité dans le mensonge qui dénote une pratique ancienne et assidue. L'aisance, l'adresse, la science avec lesquelles elle a tissé sa toile, ce n'est pas à vingt-sept ans qu'elle les a acquises. Elle n'en est pas à son coup d'essai, je ne suis pas sa première victime.

Quand a-t-elle découvert, émerveillée, le pouvoir magique de la parole ? Quand s'est-elle rendu compte qu'il suffisait de dire pour être ? Dès son plus jeune âge ? Ou plus tard, à l'adolescence, lorsqu'elle a réalisé que sa vie, quels que soient ses efforts, quels que soient ses mérites, ne serait jamais aussi brillante, aussi excitante que dans ses rêves ?

Lorsque je ne dors pas, lorsque la douleur consent à marquer une courte pause, je réfléchis sans relâche. Je me demande si Jenny, les années passant, a toujours joué le même rôle, celui d'une jeune fille riche, disposant de millions à la banque et décidant par choix de vivre dans la plus grande simplicité ? Ou bien si, au gré des circonstances et de sa fantaisie, elle a mené tour à tour plusieurs vies, comme un acteur, qui interprète un personnage au cinéma dans la journée et court le soir au théâtre pour en jouer un autre, en tout point opposé ?

Les jours succèdent aux nuits, les infirmières entrent et sortent, Marie-Annick traverse le boulevard de l'Hôpital, venant du petit hôtel où elle a pris pension, en bordure du boulevard Saint-Marcel, et vient monter la garde auprès de mon lit. Sa présence me relie à mon univers familier, à La Jonchère que je suis tout sauf certaine de revoir un jour. Malgré mon état – ou peut-être à cause de cet état, douleur et fièvre mêlées –, les questions se pressent à mon esprit, confuses, embrouillées, parfois incohérentes.

Odile, la mère de Jenny, pouvait-elle ignorer les troubles de comportement dont souffrait sa fille ? N'était-elle pas habituée de longue date à en détecter les symptômes, à en prévenir les effets, à en subir les conséquences ? Peut-on tout à fait exclure qu'elle en ait été complice ?

Dès que David m'avait avertie que Jenny avait définitivement quitté La Jonchère, j'étais rentrée à la maison et j'avais appelé Odile. Jenny venait à peine d'arriver à Rennes.

« Vous avez eu la vérité ce matin, moi je l'ai ce soir. Je suis effondrée », m'a-t-elle dit d'emblée. Ce que semble contredire les propos surpris malgré elle par Jacinthe quelques jours plus tôt. « Qu'est-ce que tu fais encore dans cette maison ? Rentre, tu n'as rien à faire là ! » avait répété Odile avec insistance. Ce à quoi Jenny avait répliqué : « Je ne peux pas, il faut que je parle à Line ! »

De ces bribes de phrases, on pouvait déduire qu'Odile, dès ce moment-là, savait parfaitement à quoi s'en tenir. Mais ceci, je l'ai appris bien plus tard, lorsque Jacinthe m'a lu les notes qu'elle avait prises sur son grand cahier.

Sur le moment, mon premier souci avait été de tranquilliser Odile. J'excluais de porter plainte, le chèque ne serait pas présenté à la banque, j'avais demandé à Me N. de le conserver. Odile, quant à elle, avait contacté Mme Corsini, la fameuse « banquière » – en réalité simple conseillère de clientèle. « Je l'ai appelée chez elle, nous nous connaissons bien », m'avait-elle précisé. Détail sur lequel je m'interroge à présent. Est-il fréquent, pour tout un chacun, de disposer du numéro personnel de l'employé qui gère son compte bancaire ? Est-il normal de l'appeler à son domicile ? D'où provenait cette relation étroite entre Odile et Mme Corsini ? Cette dernière n'était-elle pas habituée à rattraper les frasques de Jenny dont elle connaissait le dérèglement mental ? Odile ne l'avait-elle pas jointe pour lui dire : « Jenny a encore fait des siennes ! » ?

Au cours de la longue conversation que j'avais eue ce jour-là avec elle, Odile, m'avait plusieurs fois répété : « Vous étiez tout pour elle ! Son unique bonheur, c'était d'être avec vous ! Elle a inventé ces mensonges pour ne pas vous perdre ! » Comme si la crainte de me perdre expliquait – pour ne pas dire justifiait – l'imposture échafaudée par Jenny. Alors que son comportement conduisait à coup sûr au résultat inverse. N'avais-je pas décidé de lui confier la gestion de ma fondation ? N'était-ce pas, pour Jenny, la certitude d'une relation étroite et stable avec moi ? Par quelle étrange folie avait-elle sacrifié cette opportunité bien réelle à une lubie qui n'avait absolument aucune chance d'aboutir ?

Lorsque je lui avais fait part de mon projet, Jenny m'avait dit : « Mais Line, est-ce que j'en serai capable ? » puis elle s'était mise à pleurer. Pleurait-elle parce qu'elle se savait inapte à exercer les tâches auxquelles je la destinais ? N'était-ce pas moi qui, en surestimant ses capacités, avais enclenché le processus qui avait conduit au désastre final ? Imposture pour imposture, Jenny n'avait-elle pas préféré imaginer de toutes pièces une supercherie qui lui permettrait, aussi longtemps qu'elle ne serait pas découverte, d'occuper une place inespérée auprès de moi et de mon entourage ?

En appelant Odile, ce mercredi-là, mon intention était, je l'ai dit, de la rassurer – je ne porterai pas plainte, je ne déposerai pas le chèque à la banque – mais aussi de l'alerter : Jenny était gravement malade, il était urgent de la faire soigner. Qu'elle soit malade – à supposer que le terme convienne –, sa mère ne le savait-elle pas mieux que personne ? Et que la maladie dont elle souffrait soit de celles dont on ne guérit pas, n'en était-elle pas persuadée depuis longtemps ? Je n'ai jamais revu Jenny, je n'ai jamais cherché à la revoir, je ne désire pas savoir ce qu'elle est devenue. Non par indifférence ou par cruauté, mais parce que j'aurais trop peur d'apprendre qu'après moi, il y en a eu d'autres, et d'autres encore, abusés et trahis.

« J'ai eu de vos nouvelles par Jenny, m'a dit récemment une maquilleuse avec qui j'avais parfois travaillé.

— Par Jenny ? Tiens ! Et que vous a-t-elle dit ?

— Que vous alliez super bien. Qu'elle vous voyait souvent. Que vous étiez restées de grandes amies. »

J'ai hésité quelques secondes avant d'acquiescer. À quoi bon la détromper ?

Magie de la parole. Ce qu'on dit, on le croit. Ce qu'on croit devient vrai. La vie obéit au roman.

À la toute fin d'*Harold et Maude*, au moment où Maude va mourir, Harold, désespéré, lui dit : « Je ne peux pas vivre sans vous ! »

Maud, déjà presque inconsciente, lui répond : « Et cela aussi passera… »

Je suis restée en vie, mon énergie est intacte, j'ai surmonté la désillusion, la colère s'est apaisée.

Et cela aussi passera…

Cet ouvrage a été composé et mis en pages
par ÉTIANNE COMPOSITION
à Montrouge.

Imprimé en France par CPI
en décembre 2016

Dépôt légal : janvier 2017
N° d'édition : 55555/01 – N° d'impression : 3020665